Heinrich Herlyn

Ich bin der Bi-Ba-Busemann

wirkliche wahre Lügengeschichten aus einem Bildungsland

Impressum

Herausgeber:
Verlag Canto-Chormusik
www.canto-chormusik.de

© copyright 2024 Heinrich Herlyn
Herstellung und Verlag: BoD – Books on Demand, Norderstedt

Neuauflage Aurich 2024
ISBN 9783759721976

Den Satiriker plagt die Leidenschaft, wenn irgend möglich das Falsche beim richtigen Namen zu nennen.

(Erich Kästner)

Die Satire beißt, lacht, pfeift und trommelt (…) gegen alles, was stockt und träge ist.

(Kurt Tucholsky)

Oft ist Satire Wirklichkeit. Noch öfter ist jedoch die Wirklichkeit reinste Satire!

(Stefan Wittlin)

Wie ich Käpt'n Blaubär wurde

Während der drei Jahre, die ich als Auslandsschullehrer in Kapstadt verbrachte, fühlte ich mich in vielerlei Hinsicht befreit: Befreit von den Zumutungen der deutschen Schulbürokratie und befreit von den mit jedem Regierungs- oder Amtswechsel wechselnden Ansichten und Vorschlägen über die Ausgestaltung unseres Bildungssystems, die in der Regel von Politkern und Politikerinnen geäußert und umgesetzt wurden und werden, die meist ungetrübt von Sachkenntnis und geprägt von ihren ganz privaten Ansichten in ihr Regierungsamt gekommen sind. Zur Schule ist ja jeder schließlich mal gegangen!

Umso größer war der Schock bei der Rückkehr in den Schuldienst des Landes Niedersachsen. Und umso glücklicher war ich, als ich durch einen Zufall darauf gekommen war, für eine Weihnachtsfeier an meiner Schule in die Rolle des Käpt'n Blaubär zu schlüpfen. Dieser moderne „Lügenbaron", der zur Unterhaltung von Kindern (und auch Erwachsenen wie mir) seit dem Jahr 1991 sein Seemannsgarn im deutschen Fernsehen spinnt, macht ja hin und wieder Anspielungen, die durchaus eine gewisse Gesellschaftskritik beinhalten, so wenn er zum Beispiel behauptet, ein „Walversprechen" müsste man bekanntermaßen nicht einhalten. Der erwachsene Zuhörer denkt natürlich sofort an die übliche Nichteinhaltung von „Wahlversprechen". Solchermaßen angeregt, kam ich auf die Idee – zunächst nur zur Unterhaltung meines Schul-Kollegiums – satirische Sketsche zu verfassen, in denen ich mir mit Hilfe der Rolle des ewig grantelnden Käpt'ns, der seinen drei Enkelkindern ein Lügenmärchen nach dem anderen auftischt, meinen Frust an der heimatlichen Bildungspolitik und der damit zusammenhängenden Schulwirklichkeit von der Seele schrieb. In den Jahren 2007 – 2020 ist ein Großteil dieser kleinen Theaterstücke nicht nur entstanden, sondern auch in der Zeitschrift „Der Leuchtturm" erschienen, die von der Gewerkschaft „Erziehung und Wissenschaft" bis zum Jahr 2020 für die ostfriesische Lehrerschaft herausgegeben wurde. Daraus habe ich eine Auswahl getroffen.

Damit dieses Bändchen nicht nur Lehrerinnen und Lehrer anspricht, habe ich auf den Abdruck jener Sketsche verzichtet, die mir nach meiner Einschätzung zu berufsspezifisch erscheinen. So fielen der Streichung unter anderem mehrere Geschichten zum Opfer, in denen auf die Auseinandersetzungen zur Arbeitszeit von Lehrkräften eingegangen wird. Aber auch einen Blaubär-Text zum Thema „Bundeswehreinsatz in Afghanistan", der durch den legendären Satz des Verteidigungsministers Peter Struck „Deutschland wird am Hindukusch verteidigt." initiiert wurde, fand keinen Eingang in meine Sammlung. Diese sollte überschaubar und zugleich thematisch zusammenhängend bleiben. So hoffe ich, dass der geneigte Leser oder die interessierte Leserin sich schmunzelnd, lächelnd und vielleicht auch einmal laut lachend, mit Hilfe der Käpt'n-Blaubär-Geschichten durch annähernd fünfzehn Jahre deutscher Bildungspolitik treiben lassen kann. Dass dabei das Lachen das eine oder andere Mal vielleicht im Halse stecken bleibt, ist unvermeidlich. Wie sagte Erich Kästner einst: „Dem Satiriker ist es verhasst, erwachsenen Menschen Zucker in die Augen und auf die Windeln zu streuen." Und weiter:

„Die satirischen Schriftsteller sind Lehrer. Pauker. Fortbildungsschulmeister. (…) Ja, und im verstecktesten Winkel ihres Herzens blüht schüchtern und trotz allem Unfug der Welt die törichte, unsinnige Hoffnung, dass die Menschen vielleicht doch ein wenig, ein ganz klein wenig besser werden könnten, wenn man sie oft genug beschimpft, bittet, beleidigt und auslacht. Satiriker sind Idealisten."

INHALT

Käpt'n Blaubär und der Bi-Ba-Busemann

Blaubär: So liebe Kinder, nun wollen wir mal ein schönes altes Lied singen. Es geht ein Bi-Ba-Busemann in unserm Kreis herum, fidibum. Es geht ein ein Bi-Ba-Busemann in unserm Kreis herum. Er rüttelt sich, er schüttelt sich, er wirft sein Säcklein hinter sich. Es geht ein Bi-Ba-Busemann in unserm Kreis herum.

Enkel: Was singst du da, Opa? Können wir nicht etwas Modernes singen, nicht so ein Baby-Lied.

Blaubär: Was Modernes? Meint ihr z.b. was von den „Rolling Stones", so was wie zum Beispiel „Angie"?

Enkel: „Rolling Stones", wer soll das sein?

Blaubär: Ihr habt wirklich keine Ahnung von Pop-Musik! Aber lassen wir das. Habe ich euch schon erzählt, dass ich neulich vom Bi-Ba-Busemann eingeladen wurde?

Enkel: Nööö!

Der heißt allerdings nicht mehr Bi-Ba-Busemann, sondern hat sich umtaufen lassen.

Enkel: Wie heißt er denn jetzt?

Blaubär: Er nennt sich einfach nur noch Busemann.[1] Und ihr

---

[1] Bernd Busemann, geboren im Emsland, CDU-Mitglied und Jurist, war von März 2003 bis Februar 2008 Kultusminister in Niedersachsen. Als eine seiner ersten

werdet's nicht glauben. Er ist Minister geworden in Hannover.

Enkel: Minister, mit solch einem Namen? Opa, du willst uns wohl auf den Arm nehmen? Außerdem gibt es den Bi-Ba-Busemann doch gar nicht.

Blaubär: Erstens heißt er ja nur noch Busemann und zweitens habe ich ihn ja schließlich mit eigenen Augen gesehen. Ich bin doch sogar bei ihm gewesen!

Enkel: In Hannover?

Blaubär: Ja, in Hannover.

Enkel: Und was wollte er von dir?

Blaubär: Mich zu seinem Nachfolger machen.

Enkel: Zu seinem Nachfolger? Das sollen wir dir glauben, Opa? Du und Minister?

Blaubär: Ja, wenn ich es doch sage! Und wisst ihr, wie er das begründet hat?

Enkel: Natürlich nicht.

Blaubär: Er sagte, ich hätte viel Fantasie und könne mir so tolle Geschichten ausdenken. Das wäre genau das, was man als Minister brauche. Er spräche aus Erfahrung. Zum Beispiel müsse man jedes Jahr neue Geschichten erfinden, um zu

---

Amtshandlungen verbot er die weitere Gründung von Gesamtschulen.

erklären, warum immer weniger Lehrer eingestellt werden und trotzdem die Unterrichtsversorgung bei hundert Prozent bleibt.

Enkel: Und warum will er nicht Minister bleiben?

Blaubär: Er fühle sich zu etwas Höherem berufen, habe er gesagt. Und deshalb gehe er nach Berlin. Dort solle er die Mannschaft von Angie fit machen. Ich weiß zwar nicht, wer diese Angie ist, außer dass die Rolling Stones über sie gesungen haben, aber sie muss ein wirklich hohes Tier sein. Jedenfalls behauptet er, sein Fitness-Test[2] wäre so gut angekommen, dass er jetzt Bundesgesundheitsminister werden solle

Enkel: Opa, Angie ist doch die neue Bundeskanzlerin und außerdem schwindelst du mal wieder.

Blaubär: Ich schwindel' nie, sonst hätte mich der Busemann ja nicht gefragt, ob ich sein Nachfolger werden will. Außerdem hat er noch einen Grund genannt, warum ich als Bildungsminister gut geeignet sei.

Enkel: Was kommt denn jetzt schon wieder für eine Lügengeschichte?

Blaubär: Lügengeschichte? Jetzt werdet ihr langsam unverschämt! Er hat gesagt, dass ich als Kapitän ja Erfahrung hätte mit dem Steuern von sinkenden Schiffen. Und das stimmt ja, oder etwa nicht?

---

[2] Per Erlass wurde am 7. Oktober 2005 für alle Schülerinnen und Schülerinnen der Schuljahrgänge 1-10 die Teilnahme an einem Fitnesstest verpflichtend vorgeschrieben. Die GEW sprach von einer „Beschäftigungstherapie für Lehrer".

Enkel: Wenn du so oft untergegangen wärst, wie du uns erzählt hast, Opa, wärst du doch gar nicht mehr am Leben!

Blaubär: Das liegt doch nicht an meinen Geschichten, die übrigens alle wahr sind. Das liegt an meinem genialen Talent als Überlebenskünstler. Und der Butzemann, äh der Busemann, hat gesagt, er bräuchte mich noch aus einem dritten Grund:

Enkel: Und der wäre?

Blaubär: Er braucht mich, weil ich einer der bekanntesten Nichtraucher bin.

Enkel: Aber das stimmt doch gar nicht, Opa. Du rauchst doch jeden Abend deine Pfeife.

Blaubär: Habe ich auch gesagt. Das wäre ihm egal, hat er gesagt. Wichtig sei nur, dass mich noch niemand rauchend im Fernsehen gesehen habe, also während meiner Dienstzeit gewissermaßen. Er hat nämlich wohl allen Lehrern untersagt, während der Dienstzeit zu rauchen.[3]

Enkel: Ist doch cool, dass er was gegen Drogen unternimmt.

Blaubär: Nun unterbrecht mich nicht dauernd. Ich werde ja noch ganz tüdelig! Er hat gesagt, ich müsste als Minister dafür sorgen, dass alle Abstell- und Nebenräume kontrolliert werden, weil die Lehrer dort immer heimlich rauchen würden, obwohl er es verboten hätte.

---

[3] Im Jahr 2005 wurde das Rauchverbot an den niedersächsischen Schulen eingeführt.

Enkel: Opa, das ist doch wieder gelogen! Das würden die Lehrer doch niemals tun. Die haben doch Angst ihre Pension zu verlieren, wenn sie gegen Gebote ihres Dienstherrn verstoßen.

Käpt'n Blaubär und der Intelligenz-Test

Enkel: Sag mal, Opa, warum bist du eigentlich doch nicht der Nachfolger vom Busemann geworden?

Blaubär: Tja, das ist eine lange Geschichte.

Enkel: Au ja, erzähl uns mal wieder eine Geschichte!

Blaubär: Wollt ihr die wirklich hören?

Enkel: Natürlich.

Blaubär: Aber nicht, dass ihr wieder behauptet, ich hätte alles nur erfunden.

Enkel: Ehrenwort, Opa, wir glauben dir alles.

Blaubär: Also, das war so. Kaum, dass ich in Hannover war, um dort meinen Dienst als Bildungsminister anzutreten, bekam ich fürchterliches Heimweh nach dem Meer und meinem Schiff.

Enkel: Das hätten wir dir gleich sagen können.

Blaubär: Nun unterbrecht mich doch nicht dauernd, ihr ollen Sabbel-Schnuten! Also, ich bin in Hannover und packe gerade meinen Seesack, weil ich diese große, graue Stadt mit einem Tempo von mindestens 20 Knoten wieder verlassen will, da kommt der Busemann in mein Hotel-Zimmer gesegelt und macht mir ein neues Angebot.
Enkel: Was denn für ein Angebot?

Blaubär: Na, das will ich doch gerade erzählen. Er meinte, dass er sowieso viel lieber in Hannover bliebe, als zu Angie nach Berlin zu gehen, die wär'n ihm da alle viel zu langsam mit ihrem Reform-Tempo, und dass es aber schade sei, wenn ich mit meinen vielen Erfahrungen und Talenten gar nichts für die Bildung tun könne. Und deshalb schlug er mir etwas vor.

Enkel: Nun mach's doch nicht so spannend, was schlug er denn vor.

Blaubär: Ja, er schlug mir vor, sofort in See stechen, um zu den berühmten Philologen-Inseln[4] zu fahren.

Enkel: Zu den Philologen-Inseln? Leben da nicht so gefährliche Kopfjäger?

Blaubär: I-wo! Überhaupt nicht! Das sind ganz manierliche und gebildete Menschen, die da wohnen.

Enkel: Und warum solltest du da nun hinfahren?

Blaubär: Nun man nicht so ungeduldig, das kommt doch jetzt. Unser Freund, der Busemann, hatte nämlich gehört, dass die Bewohner der Philologen-Inseln eine Methode gefunden hätten, wie man gleich nach der Geburt bei den kleinen Kindern feststellen könne, was sie später für eine Schule besuchen sollten.

---

[4]Der Deutsche Philologenverband ist ein Zusammenschluss von Lehrern an Schulen und anderen Bildungseinrichtungen, die auf das Abitur vorbereiten. Als eines seiner wesentlichen Ziele nennt der DphV die Beibehaltung des gegliederten Schulsystems.

Und an dieser Methode war der olle Busemann äußerst interessiert. Er meinte, ich soll das mal versifizieren oder so ähnlich.

Enkel: Ehrlich, Opa, und das sollen wir dir glauben?

Blaubär: Mast und Schotenbruch, jetzt geht das schon wieder los! Ihr habt doch versprochen, dass ihr mir alles glauben würdet, oder?

Enkel: Schon gut, das tun wir ja. Aber nun erzähl endlich weiter.

Blaubär: Ich kam also nach genau vierzehn Tagen und vierzehn Nächten bei den Philologeninseln an und ging natürlich gleich zu ihrem König und überreichte ihm als Gastgeschenk eine Prachtausgabe des niedersächsischen Schulgesetzes, die mir der Busemann mitgegeben hatte, mit goldener Schrift und eingebunden in Leder von glücklichen, emsländischen Schweinen. Der König war äußerst erfreut darüber und fragte: "Quo vadis?", denn die gebildeteren Kreise dort sprechen immer noch Latein.

Enkel: Und was heißt das?

Blaubär: Das heißt so ungefähr: Was willst du?

Enkel: Opa, seit wann kannst du denn Latein?

Blaubär: Ja, habe ich euch denn nie erzählt, dass ich ein paar Jahre auf dem Gymnasium war und dort etwas humoristische Bildung aufgeschnappt habe?

Enkel: Humoristisch?

Blaubär: Äh, ich meine, ich glaube, äh ... vielleicht heißt das auch humanistisch oder so.

Enkel: Und wie finden die das nun raus mit den kleinen Kindern?

Blaubär: Tja, ihr werdet es kaum glauben. Die Wissenschaftler auf den Philologen-Inseln haben tatsächlich eine Methode gefunden, um schon in früher Kindheit herauszukriegen, für welche Schule die Menschen geeignet sind.

Enkel: Wie denn nun, Opa, wie?

Blaubär: Natürlich mit dem Fernsehen, womit denn sonst!

Enkel: Dem Fernsehen?

Blaubär: Ja, dem Fernsehen. Sie zeigen den kleinen Babys drei verschiedene Fernsehsendungen und messen mit einem elektronischen Schnuller die Nuckelaktivität der kleinen Monster. Daran können sie feststellen, welche Sendung ihnen am besten gefällt.

Enkel: Aber, was für Fernsehsendungen zeigen sie ihnen denn?

Blaubär: Sie zeigen ihnen die "Tele-Tubbies", die "Sesamstraße" und natürlich die "Sendung mit der Maus".

Enkel: Und was hat das mit der Schule zu tun?

Blaubär: Das ist doch klar wie Kloßbrühe! Man kann doch daran, welche Sendungen ihnen gefällt, die Intelligenz der Kleinen erkennen. Die Tele-Tubby-Gucker, das sind die späteren Hauptschüler, die Babys, welche die "Sesamstraße" mögen, die Realschüler, und die sich am meisten für die "Sendung mit der Maus" interessieren, das sind die Gymnasial-Schüler.

Enkel: Aber Opa, du sollst doch nicht schwindeln.

Blaubär: Ich schwindel' nie, wie oft soll ich das noch sagen. Und außerdem könnt ihr das demnächst in der "Bild-Zeitung" und im niedersächsischen Schulverge... ähhh... Schulverwaltungsblatt nachlesen, so wahr ich Käpt'n Blaubär heiße.

Hein Blöd: Käpt'n, komm schnell, sonst verpassen wir die Tele-Tubby-Sendung. Die guckst du doch auch immer so gerne.
Käpt'n Blaubär und die Schweinerei

Enkel: Sag mal, Opa, stimmt das, dass du früher mal Bauer gewesen bist?

Blaubär: Ja Kinder, das stimmt.

Enkel: Und warum bist du dann später zur See gefahren, Opa?

Blaubär: Tja, weil das mit den Schweinen nicht geklappt hat. Und da hab' ich eben die ganze Landwirtschaft über Bord geworfen und habe in Hamburg auf dem nächstbesten Schiff angeheuert.

Enkel: Erzähl doch mal, Opa! Wie war das denn nun mit den

17

Schweinen?

Blaubär: Also, das fing alles mit der so genannten PISA-Studie[5] an.

Enkel: Opa, du schwindelst doch nicht wieder?

Blaubär: Ich doch nicht! Nie im Traum könnte ich mir so eine Schweinerei wie die PISA-Studie ausdenken.

Enkel: Und was ist nun die PISA-Studie? Ich kenn' nur den schiefen Turm von Pisa.

Blaubär: Stellt euch mal vor, das hat damit überhaupt nichts zu tun. PISA ist eine Abkürzung und bedeutet "Programme for International Swine Assessment".

Enkel: Was soll das denn sein? Das hast du dir doch wieder bloß ausgedacht!

Blaubär: Aber gar nicht! Das ist so eine Untersuchung darüber, ob die Schweine auch schnell genug fett werden. Eines Tages jedenfalls kam da ein Typ vom Schweinezüchter-Verband und

---

[5] Die erste PISA-Studie (Programme for International Student Assessment - Programm zur internationalen Schülerbewertung) wurde im Jahr 2000 zum ersten mal durchgeführt. Zum Jahreswechsel 2001/2002 brach dann mit der Veröffentlichung der Ergebnisse der PISA-Schock über die Deutschen herein. Die deutschen Schüler belegten in den verschiedenen internationalen Kompetenz-Rankings nur einen mittleren Platz.

hat mir was von Qualitätskontrolle und internationalen Maßstäben erzählt. Langer Rede kurzer Sinn: Er hat mich so bequasselt, dass ich am Ende eingewilligt habe, an dieser PISA-Studie teilzunehmen.

Enkel: Und was ist dabei herausgekommen?

Blaubär: Da ist herausgekommen, dass meine Schweine angeblich nur Mittelmaß beim Zunehmen sind.

Enkel: Und war das so schlimm?

Blaubär: Ich weiß es auch nicht. Aber die Leute vom Schweinezüchterverband haben mich bequatscht, dass ich einen neuen Schweinestall bauen solle.

Enkel: Was denn für einen Schweinestall?
Blaubär: Genau gesagt, sollte ich aus einem einzigen Schweinestall drei Schweineställe machen.

Enkel: Und was sollte das bringen?

Blaubär: Sie sagten, ich bräuchte einen Stall für die langsamen Fresser, einen für die mittelschnellen Fresser und einen für die wirklich schnellen Fresser. Alle Schweine wären von Natur aus verschieden fressbegabt und man dürfe sie nicht zusammen füttern, sonst würden sie nicht genug Fett ansetzen und - vor allen Dingen - nicht schnell genug fett werden.

Enkel: Und hat sich was bei deinen Schweinen geändert?

Blaubär: Nee, leider nicht. Oder doch: Die langsamen Fresser sind sogar noch langsamer fett geworden.

Enkel: Und was hast du dann gemacht?

Blaubär: Als alles nicht besser wurde, haben sie noch andere Untersuchungen bei mir durchgeführt: Zum Beispiel PIGLU[6]. Das bedeutet "Programm für eine Internationale Gewichts-verlust-Untersuchung bei Schweinen". Danach kam PIMSS, das "Programm für eine internationale Mastschwein-Studie", und schließlich noch die "Fatness-Landkarte".

Enkel: Und was ist bei all den Untersuchungen herausgekommen.

Blaubär: Das ist mir alles nicht so richtig klar geworden. Jedenfalls, meine Schweine wollten einfach nicht schneller fett werden. Sie wurden sogar dümmer und dümmer.

Enkel: Dümmer und dümmer?

Blaubär: Äh, ich meine natürlich dünner und dünner.

Enkel: Und dann, wie ging es dann weiter?

---

[6] IGLU ist die deutsche Abkürzung für Internationale Grundschul-Lese-Untersu-chung. Die international vergleichende Studie untersucht Leseleistungen der Schüler am Ende der vierten Jahrgangsstufe. IGLU wurde das erste Mal 2001 und seitdem alle fünf Jahre erneut durchgeführt. Die Fähigkeiten der deutschen (Grund-)Schüler liegen nach dieser 2003 veröffentlichten Studie im internationalen Vergleich im vorderen Mittelfeld.

Blaubär: Ja, dann haben sie mich sogar noch überredet, die Fütterung zu verändern.

Enkel: Wie das denn?

Blaubär: Ich sollte differenziertes Futter anbieten.

Enkel: Differenziertes Futter? Jetzt schwindelst du doch wieder Opa!

Blaubär: Aber überhaupt nicht! Ich sollte je nach Fressbegabung leicht verdauliches, mittel leicht verdauliches und schwer verdauliches Futter anbieten.

Enkel: Opa, nun komm mal auf den Punkt! Wie ist denn nun die Geschichte ausgegangen?

Blaubär: Wie soll ich denn auf den Punkt kommen, wenn ihr mich nie ausreden lasst, Kinder! Also, eines Tages kam da so ein Bauer aus Finnland[7] zu Besuch. Der wollte mal Urlaub in Schleswig-Holstein machen und hat aus reiner Neugierde meinen Hof besucht.

Enkel: Ja und? Was hat das alles mit deinen Schweinen zu tun?

Blaubär: Eine ganze Menge! Der hat mir nämlich gesagt, worauf

---

[7] Finnland wurde in der öffentlichen Rezeption der PISA-Studie in Deutschland und Österreich allgemein als „Testsieger" angesehen, obwohl oder vielleicht weil Finnland landesweit über ein ungegliedertes Gesamtschulsystem verfügt.

es ankommt bei den Schweinen.

Enkel: Und auf was kommt es an?

Blaubär: Er hat gesagt, meine Schweine wären total unglücklich und gestresst. Nur glückliche Schweine würden wirklich fett werden. Glückliche Schweine müssten selbst bestimmen, wie viel und wie schnell oder langsam sie fressen wollten. Und sie müssten alle wieder in einem einzigen Stall leben. Außerdem bräuchten sie außer Futter auch Plätze, wo sie sich einfach wie Schweine benehmen könnten, z.B. Schlamm zum Suhlen. Am Schluss hat er schließlich einen ganz entscheidenden Satz gesagt.

Enkel: Was denn für einen Satz?

Blaubär: Das Schwein wird durch's Wiegen nicht fett.

Enkel: Da hatte er wohl Recht.

Blaubär: Und ob er da Recht hatte. Und vor allem auch mit dem, was er über glückliche Schweine gesagt hat. Und weil er Recht hatte und ich nun diesen ganzen Schweinkram satt hatte, habe damals ich einen Entschluss gefasst.

Enkel: Nun mach es nicht immer so spannend, Opa, was denn für einen Entschluss?

Blaubär: Ich habe mich damals entschlossen, alle Schweine freizulassen und nie mehr Schweinefleisch zu essen.

Hein Blöd: Käpt'n, die Bratwürstchen sind fertig. Kinder, wollt ihr auch welche essen?

Käpt'n Blaubär und die Delfine

Blaubär: (singt) Man ruft nur Flipper, Flipper, gleich wird er kommen, jeder kennt ihn den klugen Delphin. Wir lieben Flipper, Flipper, den Freund aller Kinder, Große nicht minder, lieben auch ihn.

Enkel: Findest du diese alten Fernsehsendungen von dem super-schlauen Delfin auch so toll wie wir, Opa?

Blaubär: Aber natürlich Kinder, ich liebe Delfine!

Enkel: Sag mal, Opa, stimmt es wirklich, dass Delfine klüger sind als Menschen?

Blaubär: Ja doch, Kinder, das stimmt, so wahr ich Blaubär heiße.

Enkel: Und stimmt es auch, dass Delfine eine eigene Sprache haben?

Blaubär: Auch das stimmt. Und ich will euch mal was sagen. Es gibt sogar ein Land auf der Erde, das hat sich nach den Delfinen benannt, weil die so schlau sind.

Enkel: Und welches Land soll das sein?

Blaubär: Also, man geht davon aus, dass Finnland ursprünglich Delfinland hieß. Im Zuge der nordeuropäischen Lautverschiebung ist dann die Vorsilbe "Del" einfach weggefallen.
Enkel: Opa, jetzt erzählst du aber wieder eine von deinen Lügengeschichten.

Blaubär: Aber nicht doch. Wisst ihr denn nicht, dass der Delfin immer noch im Wappen der finnischen Königsfamilie auftaucht, und dass die Delfinnen, äh... ich meine natürlich die Finnen, besonders schlau sind, wie ja auch die neuste Pisa-Studie mal wieder bestätigt hat?

Enkel: Nö, wissen wir nicht. Aber woran erkennt man denn nun, dass die Delfine so intelligent sind?

Blaubär: Da muss ich euch jetzt doch mal eine Geschichte erzählen. Ihr müsst wissen, dass die Delfine so genannte Delfinschulen bilden. Und in diesen Delfinschulen werden die jungen Delfine von klein auf in Mathematik und in der Delfinsprache unterrichtet.

Enkel: Opa, du schwindelst doch wieder!

Blaubär: Niemals! Das wisst ihr doch. Und nun lasst mich endlich die Geschichte zu Ende erzählen. Eines Tages schippere ich also mit meinem Dreimaster durch das eiskalte und grausame Nordmeer, da sehe ich so eine von diesen Delfinschulen. Und wisst ihr, was die da machen?

Enkel: Woher sollen wir denn das wissen?

Blaubär: Tja, die haben da so ein Experiment aufgebaut. So eine Art Sprachprüfung für kleine Delfine.

Enkel: Eine Sprachprüfung?

Blaubär: Ja, eine Sprachprüfung. Und zwar mussten die kleinen süßen Delfinchen ein ganz ausgefuchstes Spiel spielen.

Enkel: Was denn für ein Spiel?

Blaubär: Sie spielten Scrabble.

Enkel: Scrabble, wie soll das denn gehen? Können Delfine auch lesen?

Blaubär: Aber natürlich! Die haben sogar eine eigene Schrift. Und zwar eine, die der unseren sehr ähnlich ist. Und stellt euch mal vor, ich konnte sogar lesen, was sie da Wort für Wort gelegt hatten.

Enkel: Wirklich, Opa? Das sollen wir dir glauben.

Blaubär: Ich schwöre es beim Klabautermann! Sie hatten eine Art Sinnspruch gelegt.

Enkel: Und wie lautete dieser Sinnspruch?

Blaubär: Der grüne Stuhl hüpft fröhlich über die kalte Sonne.[8]
Enkel: Häää?
Blaubär: Ja, ihr habt ganz richtig gehört.

---

[8] Im März 2007 bis Juli 2014 mussten sich alle vierjährigen Kinder in Nordrhein-Westfalen einem Sprachtest unterziehen: Delfin 4. Der Name meint „Diagnostik, Elternarbeit und Förderung der Sprachkompetenz Vierjähriger in NRW". Das Ergebnis: von 145 000 Kindern waren 95 000 durchgefallen. In einem Zoospiel, welches zu diesem Test gehörte, kam ein Satz vor wie „Der grüne Stuhl hüpft fröhlich über die kalte Sonne." Den sollten die Kinder nachsprechen. In der Fortsetzung Delfin 5 gab es dann den Satz "Eine kleine Wiese, die bunte Angst hat, kneift in den Teller."

Enkel: Aber das ergibt doch überhaupt keinen Sinn, Opa.

Blaubär: Doch, doch, das ist ja gerade der Sinn. Weil dieser Satz keinen Sinn macht, ist er ja so sinnvoll.

Enkel: Und was soll dieser sinnlose Sinn oder angeblich sinnvolle Unsinn nun bringen?

Blaubär: Die großen Delfine erkennen, ob die kleinen Delfine sprachlich weit genug entwickelt sind. Nur die Delfinkinder, die es geschafft haben, diesen Spruch zusammen zu puzzeln, dürfen in die Delfinschule. Die anderen bekommen Nachhilfe-Unterricht in der Delfinsprache.

Enkel: Opa, wir glauben dir kein Wort!

Blaubär: Aber, wenn ich es euch doch sage! Inzwischen wurde dieser Test sogar in Deutschland bei den kleinen Menschenkindern angewendet, um zu testen, ob sie sprachlich fit sind.

Enkel: Jetzt drehst du aber völlig durch, Opa!
Hein Blöd: *(sehr aufgeregt)* Käpt'n, komm mal ganz schnell in die Kombüse, mein blauer Stuhl hüpft gerade fröhlich über die grüne Tonne!

Käpt'n Blaubär und die Gesamtschule

Blaubär: Hab' ich euch schon erzählt, dass ich nun endlich einen neuen Job als Landratte gefunden habe?

Enkel: Nööö!

Blaubär: Tja, meine Fähigkeiten als Führungskraft sind halt nicht nur zu Wasser, sondern auch zu Lande sehr gefragt.

Enkel: Nun machst du uns aber neugierig, Opa. Was ist das denn für ein Job?

Blaubär: Dazu muss ich ein bisschen ausholen. In einem kleinen Städtchen namens Aurich, Gott sei Dank ist es nicht allzu weit weg von der Waterkant und mit einem kleinen, aber feinen Hafen ausgerüstet, gab es kürzlich eine schlimme Meuterei.

Enkel: Lass mich raten: Und die sollst du nun möglichst schnell beenden?

Blaubär: Überhaupt nicht. Ich soll wegen meiner genialen Führungsqualitäten fünf Schiffe gleichzeitig lenken.

Enkel: Ist das nicht ein bisschen viel auf einmal?

Blaubär: Aber gar nicht! Es sind nämlich eigentlich gar keine Schiffe, sondern Schulen.

Enkel: Schulen???????.
Blaubär: Ja, Schulen. Ihr habt richtig gehört.

Enkel: Und du sollst fünf Schulen gleichzeitig leiten? Du schwindelst doch wieder, Opa.

Blaubär: Immer wieder kommt ihr damit! Warum glaubt ihr mir eigentlich nie, Kinder?

Enkel: Aber fünf Schulen gleichzeitig leiten, das musst du zugeben, Opa, das hört sich doch wirklich unwahrscheinlich an.

Blaubär: Nun mal langsam und eines nach dem andern. Zuerst muss ich euch erzählen, warum so viele Schulen gleichzeitig einen neuen Kapitän, äh... Schulleiter brauchen.

Enkel: Und warum?

Blaubär: Das kam so. Meine liebe Freundin, die Ministerin Frau Dreister, äh... Heister-Neumann [9], wurde von den Auricher Grundschulleitern eingeladen, sich in einem ganz privaten Gespräch einmal ihre Sorgen und Nöte anzuhören.

Enkel: Ja und?

Blaubär: Nun seid doch nicht so ungeduldig! Das Problem war, dass gleichzeitig die Gewerkschaft der Lehrer, so ein Haufen unbelehrbarer, linksradikale Achtundsechziger, vor genau der Schule demonstrieren wollte, in der das Gespräch stattfinden

---

[9] Elisabeth Heister-Neumann (CDU) war von 2003 bis 2008 Niedersächsische Justizministerin. Nach der Landtagswahl 2008 tauschte Heister-Neumann im Februar 2008 ihr Ressort mit Bernd Busemann und wurde Kultusministerin.

sollte.

Enkel: Aber die wollten doch bestimmt den Schulleitern helfen!

Blaubär: Schon möglich. Doch die Schulleiter haben es ganz anders gesehen. Denen gefiel die Demo überhaupt nicht.

Enkel: Und dann, was ist dann passiert? Nun spann uns doch nicht so auf die Folter!

Blaubär: Ja, und dann sind die fünf Schulleiter gleichzeitig zum nächsten Schuljahr von ihrem Posten zurückgetreten.

Enkel: Warum das denn?

Blaubär: Na aus Protest natürlich! Sie haben gesagt, sie hielten den Druck der Straße nicht mehr aus. Man könne sich noch nicht einmal mehr in Ruhe mit seiner Dienstherrin unterhalten, ohne dass so ein Gespräch von ewig gestrigen Kräften instrumentalisiert werden würde. Nun hätten sie endgültig die Nase voll, und die Gewerkschaft solle doch selber die Schulleiter stellen.

Enkel: Und was hat die Ministerin dazu gesagt?

Blaubär: Na, die hat den reinsten Freudentanz aufgeführt.

Enkel: Wieso denn das?

Blaubär: Ja, die kann doch jetzt richtig sparen! Wegen der Finanzkrise hat doch der Staat überhaupt kein Geld mehr. Der muss schließlich den notleidenden Banken unter die Arme greifen, damit die ihre verarmten Manager bezahlen können. Und da die meisten Schulleitungsaufgaben ja eh genauso gut vom Schulvorstand und den Kollegien übernommen werden können, hat die Ministerin gleich einen gemeinsamen Schulleitungsverbund für die fünf Grundschulen gegründet und nach einem Gesamtschulleiter gesucht, und zwar auf dem freien Arbeitsmarkt, wie das heute so üblich ist.

Enkel: Und so bist du an deinen neuen Posten gekommen, Opa.

Blaubär: Ja, ihr kleinen Schlauberger, als Quereinsteiger sozusagen.

Enkel: Und das sollen wir dir alles glauben?

Blaubär: Aber natürlich, guckt doch mal ins Schulvergew... äh...äh...Schulverwaltungsblatt.

Hein Blöd: Käpt'n, da draußen stehen Eltern, die wollen wissen, ob sie ihre Kinder schon zur AGS anmelden können.

Blaubär: AGS?

Hein Blöd: Ich glaube, das heißt "Auricher Gesamtgrundschule".

31

Käpt'n Blaubär hebt ab

Enkel: Na, Opa, wie gefällt es dir denn nun so als Gesamt-Schulleiter?

Blaubär: Och, das ist eigentlich so 'n ganz gemütlicher Job.

Enkel: Wirklich?

Blaubär: Eigentlich schon. Wenn nicht..., äh...nun ja, ich weiß nicht so ganz, wie ich es sagen soll.

Enkel: Was denn Opa?

Blaubär: Nun, ich will es mal so ausdrücken. Wir haben ein gewisses Problem an unseren Schulen. Und das sind die Boutiquenlehrerinnen.

Enkel: Buwaslehrerinnen???

Blaubär: Ja, Boutiquenlehrerinnen [10]. Habt ihr denn diesen Begriff noch niemals gehört?

Enkel: Nööööö!

Blaubär: Also, die Sache ist so. Ein großer Teil unserer Lehrerinnen arbeitet leider nur teilzeitmäßig.

---

[10] Christian Wulff, von 2003 – 2010 Ministerpräsident in Niedersachsen, gebrauchte einst diesen herabsetzenden Begriff, um Lehrerinnen zu kritisieren, die angeblich nicht genug arbeiteten.

Enkel: Na und?

Blaubär: Na und? Das bringt uns doch eben in Teufelsküche!

Enkel: Aber wieso denn?

Blaubär: Uns fehlen einfach jede Menge Lehrerstunden, weil die Boutiquenlehrerinnen so wenig arbeiten!

Enkel: Und warum wollen die nicht **mehr** arbeiten?

Blaubär: Das ist ja gerade das Problem. Die haben es nicht nötig. Die haben sich alle so einen stinkreichen Bankmanager als Mann geangelt. Und deshalb unterrichten die eben nur so nebenbei als Hobby. Man könnte sie vielleicht auch als Alibi-Lehrerinnen bezeichnen.

Enkel: Alibi-Lehrerinnen? Wofür brauchen die denn ein Alibi?

Blaubär: Mit Alibi meine ich natürlich nicht, was ihr denkt! Die wollen eigentlich immer nur shoppen gehen, in Boutiquen und so, Klamotten kaufen. Und damit keiner denkt, sie wären nur so nutzlose Müßiggängerinnen, die nicht anderes tun, als das Geld ihrer Ehemänner auf den Kopf zu hauen, unterrichten die alle eben in der Schule, aber nur so'n bisschen, damit sie trotzdem noch Zeit zum Shoppen haben. Das nennt man Teilzeitarbeit. Ihr Job ist sozusagen das Alibi für's Shoppen. Versteht ihr mich?

Enkel: Nicht so richtig. Aber was willst du nun dagegen tun, Opa?

Blaubär: Gar nichts.

Enkel: Gar nichts?

Blaubär: Nööö, das erledigt sich alles von selbst.

Enkel: Nun red' doch mal endlich Klartext, Opa. Lass dir doch nicht alles aus der Nase ziehen!

Blaubär: Ja, habt ihr kleinen Dösköppe denn noch nichts von der Bankenkrise gehört?

Enkel: Opa, das mit den Lehrerinnen könnte ja vielleicht stimmen, aber jetzt lügst du mal wieder.

Blaubär: Ich lüge niemals! Ihr bräuchtet doch eure kleinen Bärennasen nur mal in die Zeitung stecken oder einfach mal "Logo" im Kinderkanal kucken und nicht immer nur diese flachsinnige "Sendung mit der Maus", dann wüsstet ihr Bescheid.

Enkel: Sag nichts gegen die „Sendung mit der Maus", Opa. Aber was ist denn nun eine Bankenkrise? Unsere alte Gartenbank zum Beispiel ist immer noch ganz in Ordnung.

Blaubär: Ich meine doch keine Gartenbänke, ihr Töffels! Es geht doch um die Banken, bei denen wir alle unser sauer erspartes Geld anlegen. Und die sind fast alle pleite und keiner weiß so genau warum.

Enkel: Und was hat das nun mit deinen Bu..., äh deinen Budingsdalehrerinnen zu tun?

Blaubär: Erstens heißen die Boutiquenlehrerinnen und zweitens müssen die doch nun bald alle auf volle Stundenzahl gehen, weil ihre Männer ja nichts mehr verdienen. Dann ist Schluss mit lustig.

Enkel: Aber es gibt doch schon viele Lehrer, die voll arbeiten.

Blaubär: Lehrer schon, aber kaum Lehrerinnen.

Enkel: Wir haben aber eine Frau Knöllring, oder so ähnlich, an unserer Schule, die voll arbeitet.

Blaubär: Ah...meint ihr vielleicht Frau Möllring?

Enkel: Ja genau, Frau Möllring heißt die.

Blaubär: Die hat ja auch einen Grund, warum sie voll arbeitet. Ihr Mann hat nämlich ein besonders teures Hobby.[11]

Enkel: Was denn für ein Hobby?

Blaubär: Wisst ihr denn nicht, dass sie die Flugstunden für ihren Mann bezahlen muss?

---

[11] Hartmut Möllring (CDU) von 2003 bis 2013 niedersächsischer Finanzminister war 2007 in einem Kampfjet mitgeflogen, um sich nach eigener Aussage damit einen "Jugendtraum" zu erfüllen. Ein Presseoffizier der Bundeswehr, Oberstleutnant Knut Freter, bezifferte die Betriebskosten pro Flugstunde bei einer Phantom auf 8700 Euro. Der Minister habe sich den Flug vom Steuerzahler „spendieren" lassen und müsse die Kosten zurückerstatten, forderten hingegen die Grünen.

Enkel: Nöööö.

Blaubär: Ihr Mann, der Herr Minister Möllring, mag doch so gerne mit dem Düsenjet durch die Gegend rasen. Und das könnte der sich von seinem kargen Ministergehalt gar nicht leisten. Schließlich kostet so eine Flugstunde schlappe 8700,- Euro!

Enkel: Opa, jetzt lügst du aber wirklich. 8700,- Euro für eine Flugstunde? Das glaubt dir doch keiner!

Blaubär: Und wenn ich es euch doch sage! Das stand neulich in allen Zeitungen.
Hein Blöd: Käpt'n, da is'n Brief für Sie gekommen. Hinten ist so'n Pferd drauf.

Blaubär: Nun lies schon vor, Hein, ich hab' doch meine Lesebrille verloren.

Hein Blöd: Sehr geehrter Herr Blaubär! Als Ministers des Landes Niedersachsen möchten ich Sie auf Grund Ihrer Verdienste um das niedersächsische Schulwesen zu einem Freiflug beim Jagdgeschwader Richthofen mit einem Phantom-Jet der Bundeswehr einladen. Die niedersächsische Landesregierung möchte Ihnen mit diesem Geschenk ihre Anerkennung dafür aussprechen, dass Sie in schweren schulpolitischen Zeiten immer Kurs gehalten und auch Ihre weibliche Mannschaft stets zu vollem Einsatz angespornt haben. Hochachtungsvoll, Hartmut Möllring, niedersächsischer Innenminister

Käpt'n Blaubär bleibt sitzen

Enkel: Opa, willst du eigentlich immer noch Staatssekretär werden oder bleibst du jetzt Schuldirektor?

Blaubär: Aber natürlich will ich noch mal befördert werden. Als Kapitän ist man es doch gewohnt, auf der Kommandobrücke zu stehen. Und außerdem: So leicht gibt ein Käpt'n Blaubär nicht auf. Nicht umsonst habe ich alle sieben Weltmeere besegelt, die abgründigsten Untiefen und steilsten Klippen umschifft und die schlimmsten Orkane überstanden.

Enkel: Das wissen wir doch alles Opa! Aber wie willst du es dieses Mal anstellen?

Blaubär: Tja, das ist eigentlich ganz einfach, man muss nur Zeitung lesen.
.
Enkel: Einfach nur Zeitung lesen?

Blaubär: Natürlich nicht **einfach** nur Zeitung lesen. Es müssen schon die richtigen Artikel sein, und man muss sie natürlich auch interpretieren können.

Enkel: Inter...was?

Blaubär: Nun ja, also ich meine, man muss verstehen können, was so zwischen den Zeilen steht.

Enkel: Zwischen den Zeilen? Also Opa, ich verstehe mal wieder nur frittierter Tintenfisch.

Blaubär: Das ist doch gar nicht so schwer zu verstehen. Ich werde euch mal an einer aktuellen Meldung erklären, wie das geht.

Enkel: Opa, nun fang aber nicht wieder an, dein berühmtes Seegarn zu spinnen!

Blaubär: Ich spinne nie, das wisst ihr doch! Also, da stand doch neulich Folgendes in der Zeitung: "Sitzenbleiben ist teuer und unnütz".[12]

Enkel: Ja und? Das wissen wir doch schon lange. Schließlich sind wir alle schon mal sitzen geblieben und bist du nicht selber auch mal...

Blaubär: Nun lasst mich doch endlich ausreden! Ich habe doch gesagt, man muss zwischen den Zeilen lesen können! Es ist wie bei der PISA-Studie. Überall steht, dass die Länder mit Gesamtschulsystemen am besten abschneiden. Aber in Wirklichkeit   bedeutet es das genaue Gegenteil.

Enkel: Hä????????

Blaubär: Nun guckt man nicht wieder so döösköppig. So etwas nennt man "Ironie".

---

[12] Im Jahr 2009 wurde eine im Auftrag der Bertelsmann-Stiftung durchgeführte Studie veröffentlicht, deren Ergebnis besagt, dass Klassenwiederholungen weder bei den sitzengebliebenen Schülerinnen und Schülern zu einer Verbesserung ihrer kognitiven Entwicklung führen, noch dass die im ursprünglichen Klassenverband verbliebenen Schülerinnen und Schüler von diesem Instrument profitieren.

Enkel: Ironie?????

Blaubär: Ja, Ironie. Habt ihr das denn nicht in der Schule gelernt? Die Darstellung durch das Gegenteil. Der Duden spricht auch von "erheuchelter Unwissenheit".

Enkel 3: Opa, willst du damit etwa sagen, dass der Artikel über das Sitzenbleiben eigentlich ausdrücken will, dass das gut ist und nicht schlecht?

Blaubär: Aber genau! Wie wäre es sonst erklärbar, dass die Regierung in Niedersachsen und alle anderen Landesregierungen immer noch am Sitzenbleiben festhalten. Die haben doch alle erkannt, dass es sich bei diesem Artikel um reine Satire handelt, sowie übrigens bei fast allem, was die Wissenschaft so zur Bildung von sich gibt.

Enkel: Satire? Opa, nun redest du schon wieder so hochgestochen!

Blaubär: Ja, wie oft soll ich das denn noch sagen? Umso ein paar Fachausdrücke kommt man nun einmal nicht herum. Und eure Lehrer ...

Enkel: Opa, nun weich' nicht aus, was bedeutet denn nun Satire?

Blaubär: Das ist ganz einfach: Die Satire möchte durch Übertreibung und Spott Missstände bloßstellen.

Enkel: Nun versteh ich gar nichts mehr!

Blaubär: Also, ich erklär's noch mal anders. Die Wissenschaftler wollen sagen, dass Sitzenbleiben eigentlich gut ist und deshalb übertreiben sie so. Wer glaubt denn im Ernst, dass das Sitzenbleiben 911 Millionen Euro kostet? [13] Und wer glaubt denn wirklich, dass in Bayern 3,6 Prozent aller Schüler sitzen bleiben. Da lachen doch die Schwertwale! Schließlich weiß doch jeder, dass Bayern bei allen PISA-Studien einsame Spitze war! Also bleibt nur **ein** Schluss übrig: Die Wissenschaftler machen sich lustig über die ewige Nörgelei am Sitzenbleiben.

Enkel: Opa, ich kann dir irgendwie immer noch nicht ganz folgen.

Blaubär: Ist ja eigentlich auch nicht so wichtig. Ich jedenfalls weiß jetzt, wie ich doch noch Staatssekretär werden kann.

Enkel: Und wie?

Blaubär: Mit einem genialen bildungspolitischen Vorschlag: Ich habe die bahnbrechende Idee, dass die Lehrer zusammen mit ihren ganzen Klasse sitzen bleiben.

Enkel: Hääääääää???????

Blaubär: Ja, ihr habt richtig gehört! So fängt man zwei fliegende

---

[13] Der Studie des renommierten Bildungsforschers Klemm zufolge betragen die jährlichen Gesamtausgaben für Klassenwiederholungen in Deutschland 931 Millionen Euro. Laut der Studie der Bertelsmann Stiftung mussten im Schuljahr 2007/08 etwa eine Viertelmillion der Schüler allgemein bildender Schulen eine Klasse wiederholen.

Fische mit einer Angel. Erstens unternimmt man endlich was gegen die faulen Säcke[14] unter den Lehrern, denn die sind schließlich schuld, wenn die Kinder nichts lernen...

Enkel: ...und...?

Blaubär: Und zweitens beseitigt man endlich den Nachteil, dass die Sitzenbleiber nicht in ihrer gewohnten Klasse bleiben können. Schließlich bleiben nun alle zusammensitzen. Wir Seeleute wussten doch schon immer: Alle sitzen im gleichen Boot.

Enkel: Und du glaubst, dass du mit diesem Vorschlag in Hannover Erfolg haben wirst?

Blaubär: Aber natürlich! Ich habe meinen Vorschlag sogar schon als Flaschenpost in die Leine geworfen.

Hein Blöd: Käpt'n, ich hab' gerade so 'ne Flasche aus dem Wasser geangelt. Da ist ein Brief drin, der an Sie adressiert ist. Soll ich den vorlesen?

Blaubär: Na seht ihr, Kinners, das ist bestimmt schon die Antwort.

Hein Blöd: Sehr geehrter Herr Blaubär! Wir bedanken uns für Ihren intelligenten Vorschlag zur Verbesserung des nie-

---

[14] Im Jahr 1995 äußerte der niedersächsische Ministerpräsident Gerhard Schröder (SPD) gegenüber einer Zevener Schülerzeitung im Hinblick auf die Lehrer der Schüler den Satz: „Ihr wisst doch ganz genau, was das für faule Säcke sind."

dersächsischen Qualitätsmanagements. Wir müssen Ihnen jedoch leider mitteilen, dass schon unser neuer Staatssekretär auf die gleiche Idee gekommen ist. Gleich nach der nächsten Wahl werden wir das Niedersächsische Schulgesetz dahin gehend ändern, dass ein klassenweises Sitzenbleiben die Regel werden wird. Wir bedanken uns vielmals für Ihre engagierte Mitarbeit und hoffen auf weitere kreative Vorschläge Ihrerseits. Außerdem kann ich Ihnen schon jetzt zusichern, dass wir Ihr lobenswertes Engagement bei der bevorstehenden Inspektion Ihrer Schule zu berücksichtigen wissen. Hochachtungsvoll, Ihre Frau Heister-Neumann

Käpt'n Blaubär und die Vampire

Enkel: Sag mal, Opa, gibt es wirklich Vampire?

Blaubär: Aber nein, wer hat euch denn diesen Bären aufgebunden?

Enkel: Es gibt doch unheimlich viele Geschichten über Vampire. Neulich hat unsre Lehrerin das Buch "Der kleine Vampir" vorgelesen. Und die Mädchen aus unserer Klasse gucken sich dauernd irgendwelche Vampir-Liebesfilme im Kino an.

Blaubär: Das ist doch alles nur Seemannsgarn. Es gibt zwar Vampirfledermäuse in Südamerika, aber menschliche Vampire habe ich mein Lebtag noch nicht getroffen, und ich habe schließlich alle sieben Weltmeere besegelt.

Enkel: Und warum haben dann manche Leute so ein Kreuz vor der Brust hängen. Wollen die sich nicht gegen Vampire schützen?

Blaubär: Nö, das nun gerade nicht.

Enkel: Ja, was denn dann?

Blaubär: Also, das ist so. Das Kreuz ist ein christliches Symbol, weil die Christen glauben, dass Jesus von den Römern gekreuzigt worden ist.

Enkel: Ach, deswegen schimpft dieser eine Minister immer auf die spätrömische Dekadingsda. Das war ja auch wirklich gemein von denen!

Blaubär: Das heißt nicht Dekadingsda, das heißt Dekadenz. Bringen eure Lehrer euch denn gar nichts mehr bei? Der hat schon irgendwie Recht dieser Lästerquelle, äh... Westerwelle. Keiner will sich mehr so richtig anstrengen, auch die Lehrer nicht.[15]

Enkel: Nun hör mal auf zu schimpfen, Opa. Erklär uns lieber mal, was das heißt, dass die Römer Jesus gekreuzigt haben.

Blaubär: Tja, wenn eure Reli-Lehrer das nicht tun, dann muss ich wohl mal wieder die pädagogische Ebbe beenden. Nun, die Römer haben Jesus mit den Händen und Füßen an ein großes Holzkreuz genagelt. Dann haben sie ihn so lange daran hängen lassen, bis er gestorben ist.

Enkel: So was habe ich schon mal gesehen, Opa. Als wir unsern Vetter Bruno in Bayern besucht haben, da hing da in der Schule so ein Kreuz mit einem Jesus dran, sogar in seinem Klassenzimmer. Das sah ganz schön gruselig aus. Und der hatte auch noch eine Stachelkrone auf, mit ganz spitzen Dornen, die haben ihn in den Kopf gestochen. Man konnte sogar Blut sehen. Und so ganz lange Nägel gingen mitten durch die Hände und Füße durch. Das war richtig krass!

Blaubär: Ja, solche Kreuze gibt es dort. Und da hat es schon mal

---

[15] Der FDP-Politiker und damalige Außenminister Guido Westerwelle kritisierte im Jahr 2010 mit folgenden Worten die Forderungen nach Erhöhung der Hartz-IV-Zahlungen: "Wer dem Volk anstrengungslosen Wohlstand verspricht, lädt zu spätrömischer Dekadenz ein. An einem solchen Denken kann Deutschland scheitern."

mächtig Streit drum gegeben.[16]

Enkel: Streit?

Blaubär: Ja, eine richtige Meuterei war das.

Enkel: Was war denn los?

Blaubär: Da haben so ein paar Eltern dagegen geklagt, dass in Bayern in jedem Klassenzimmer so ein Kreuz hängt. Man nennt die auch Kruzifixe. Und deshalb kam es zu einem so genannten "Kruzifix-Urteil".

Enkel: Ich glaube, ich wollte mir auch nicht immer den armen Jesus angucken, wie er da so gemein gequält wird.

Enkel: Ich auch nicht, das ist doch voll brutal!

Enkel: Und warum hängen die Kruxiflitze dann immer noch in den Schulen, Opa?

Blaubär: Kruzifixe, Kinder, nicht Kruxiflitze! Tja, die Eltern haben zwar Recht bekommen, aber in Bayern hängt man die Kruzifixe immer noch auf. Nur in ganz wenigen Ausnahmefällen werden sie abgenommen. Diese bayrischen

---

[16] Am 16. Mai 1995 stellte das Bundesverfassungsgericht am fest: „Die Anbringung eines Kreuzes oder Kruzifixes in den Unterrichtsräumen einer staatlichen Pflichtschule, die keine Bekenntnisschule ist, verstößt gegen Artikel 4, Absatz 1 des Grundgesetzes." Eltern hatten gegen den Paragrafen 13 im Bayerischen Volksschulgesetz aus dem Jahre 1983 geklagt, der das Aufhängen von Kruzifixen in bayrischen Schulklassen vorschrieb.

Landratten haben eben schon immer gemacht, was sie wollen.

Enkel: Opa, warum hat man eigentlich unserer neuen Lehrerin, Frau Özgan, verboten, in der Schule ein Kopftuch[17] zu tragen?

Blaubär: Äh, ja, ... das weiß ich auch nicht so genau. Da müssen wir mal unseren Flotten-Kapitän, äh ich meine, unseren Ministerpräsidenten, den Herrn Wulff fragen.

Hein Blöd: Käpt'n, da draußen ist so ein gruseliger Typ, der möchte sich für den neuen Hausmeisterposten bewerben. Er nennt sich Geiermeier[18] und hat so eine komische Halskette aus Knoblauch um den Hals. Als Erstes möchte er in jedem Klassenzimmer ein Kreuz aufhängen, hat er gesagt. Und die Kreuze habe er auch gleich mitgebracht. Was komisch ist, er brummelt immer den gleichen Satz vor sich hin.

Blaubär: So, was denn?

Hein Blöd: "Diese verdammten Biester!" murmelt er immer. "Diese verdammten Biester!"

---

[17] Während der Amtszeit von Kultusminister Bernd Busemann wurde durch eine Änderung des Schulgesetzes das Tragen von Kopftüchern durch Lehrerinnen im Unterricht untersagt. Begründung: LehrerInnen sollen sich bei der Abgabe religiöser „Bekundungen" möglichst zurückhalten. Der damals amtierende CDU-Ministerpräsident Christian Wulff setzte dennoch durch, dass christlich-jüdische Symbole nicht unter dieses Neutralitätsgebot fallen.

[18] Vampirjäger aus dem Buch „Der kleine Vampir" von Angela Sommer-Bodenburg.

Käpt'n Blaubär und die Heilige Dreifaltigkeit

Blaubär: (singt) Sah ich mal' ein Röslein steh'n, Röslein war keine Heide....

Enkel: Sag mal, Opa, was singst du da für ein komisches Lied?

Blaubär: Och, das ist nur so'n olles Volkslied.

Enkel: Seit wann singst du denn Volkslieder?

Blaubär: Nun ja, wenn ich ehrlich bin, das Lied erinnert mich ein bisschen an einen von mir sehr geschätzten Politiker.

Enkel: So, wen denn?

Blaubär: Na, kennt ihr nicht Philip Rösler?

Enkel: Nööö!

Blaubär: Das wundert mich nicht, der ist ja auch jetzt erst Bundesminister geworden.[19]

Enkel: Und warum interessierst du dich für so einen langweiligen Minister?

Blaubär: Also, der ist gar nicht so langweilig. Und vor allem wird er mir endlich zu meiner ersehnten Stelle als Staatssekretär

---

[19] Phillip Rösler (FDP) war von 2009 bis 2011 Bundesgesundheitsminister und von 2011 bis 2013 Bundeswirtschaftsminister.

verhelfen.

Enkel: Opa, hat du das immer noch nicht aufgegeben?

Blaubär: Ja, was denkt ihr denn von mir? Ein Kapitän gibt nie auf, selbst wenn ihm das Wasser schon bis zur Gurgel steht!

Enkel: Opa, du immer mit deinen Seefahrersprüchen! Sag uns lieber, was du mit diesem Blümlein, oder wie der heißt, vorhast.

Blaubär: Erstens heißt der Röslein, äh… ich meine Rösler, und zweitens könntet ihr mich einfach mal ausreden lassen. Ich habe nämlich eine grandiose Idee, die dem Herrn Rössler, äh Rösler, sehr gefallen wird.

Enkel: Und die wäre?

Blaubär: Sagt euch der Begriff der "Heiligen Dreifaltigkeit" etwas?

Enkel: Nöööö!

Blaubär: Das habe ich mir schon gedacht. Heutzutage lernt man ja doch nichts Gescheites mehr in der Schule. Seit Tausenden von Jahren gibt es nämlich in allen Hoch-Kulturen die trinitarische Lehre, die besagt, dass die gesamte Welt sich in drei Elemente aufteilen lässt.

Enkel: Worauf willst du eigentlich hinaus, Opa?

Blaubär: Ich will darauf hinaus, dass sich nicht nur die ganze

Weltgeschichte und die christliche Gottesvorstellung trinitarisch sind, sondern auch unser Bildungssystem.

Enkel: Also Opa, entweder du schwindelst, oder du hebst völlig ab!

Blaubär: Ja klingeln bei euch denn immer noch nicht die Schiffsglocken? Eine Triade ist doch ein natürliches System von drei zusammengehörigen Elementen, und um so ein System handelt es sich bei unserem Schulsystem.

Enkel: Ach jetzt versteh ich dich, Opa. Du meinst die Hauptschule, die Realschule und das Gymnasium!

Blaubär: Na endlich fällt bei euch der Silbertaler! Und jetzt kommt meine geniale Idee ins Spiel. Der Herr Rösler will nämlich eine Aufnahmeprüfung für diese Schulen einführen.[20]

Enkel: Ja und?

Blaubär: Und ich weiß, wie man mit einer einzigen Frage feststellen kann, welcher Schüler für welche Schulform geeignet ist.

Enkel: Da sind wir aber gespannt!

---

[20] Bei dem Parteitag der FDP im November 2009 brachte Philip Rösler einen Leitantrag mit dem Titel „Bildung ist Zukunft" ein. Der Antrag sieht eine Aufnahmeprüfung von Schulen vor, falls Grundschulen und Eltern zu unterschiedlichen Auffassungen über das Leistungsvermögen der Grundschüler kommen.

Blaubär: Ich will euch ja auch nicht länger auf die Planke spannen: Man braucht nämlich nur zu fragen, welche Partei die Eltern der Schulkinder gewählt haben.

Enkel: Hääää?

Blaubär: Ja, ihr habt richtig gehört! Wenn die Eltern die SPD gewählt haben, gehören die Kinder auf die Hauptschule, wenn sie die CDU gewählt haben auf die Realschule, und wenn sie die FDP gewählt haben, kommen sie natürlich auf das Gymnasium. So einfach ist das. Das ist die Übertragung der Trinitätslehre auf unser Bildungssystem. Der Papst wird übrigens auch darüber begeistert sein.

Enkel: Und was ist mit denen, die eine andere Partei gewählt haben?

Blaubär: Ganz einfach, die gehen auf die Förderschule.

Hein Blöd: Käpt'n, da ist wieder so ein Brief, aber dieses Mal ist kein Pferd hinten drauf, sondern nur so ein komischer, schwarzer Vogel

Blaubär: Nun lies doch schon vor!

Hein Blöd: Sehr geehrter Herr Blaubär. Ihr Vorschlag bezüglich eines Aufnahmetests für unser trinitarisches Bildungswesen ist äußerst interessant und verträgt sich gut mit dem katholisch-libertären Weltbild meiner Partei. Leider gibt es eine kleine Unstimmigkeit mit unserem Koalitionspartner. Dieser ist der Auffassung, dass die Qualitätskriterien für das Gymnasium und

die Realschule vertauscht werden müssten. Unsere Bundeskanzlerin, Frau Merkel, hat bei der letzten Kabinettssitzung
verlauten lassen, dass sie eine Entscheidung über diesen Punkt
aber erst nach der nächsten Bundestagswahl herbeiführen
möchte, zumal bis dahin die Ergebnisse der nächsten PISA-
Studie nach ihrer Einschätzung wichtige Hinweise für einen
endgültigen Beschluss liefern könnten. Auch der niedersächsische Ministerpräsident, Herr Wulff, hat sich im Übrigen
dieser Meinung angeschlossen. Hochachtungsvoll, Ihr Philip
Rösler, Bundesgesundheitsminister

Käpt'n Blaubär und das Internetz

Blaubär: Sagt mal Kinners, macht ihr an eurer Schule eigentlich was mit diesem Internetz?

Enkel: Internet Opa, nicht Internetz.

Blaubär: Ist doch egal, ihr wisst schon, was ich meine.

Enkel: Leider haben wir meistens keine Zeit dafür.

Blaubär: Keine Zeit? Ach natürlich, schließlich müsst ihr ja die vielen Kompetenzüberprüfungen und Vergleichsarbeiten schreiben.

Enkel: Das ist es nicht nur, Opa.

Blaubär: So? Was denn sonst noch?

Enkel: Also, wir zum Beispiel haben einmal in der Woche "Book Buddy", außerdem nehmen wir am Modellprojekt "Platt is cool" teil, dann drehen wir einen Film für den Wettbewerb „Die Auricher Filmklappe" und wir machen einen Ernährungsführerschein. Oft kommen auch so Leute wie der Mann vom Einsteigerbus, die Schulzahnärztin, die Feuerwehr, die Verkehrswacht oder die Polizei zu uns. Nächste Woche kriegen wir Besuch von unserer Comenius-Partnerschule aus Spanien und die Bläserklasse des Gymnasiums kommt zu Besuch.

Blaubär: Ist nicht wahr!

Enkel: Doch! Und dann haben wir zweimal in der Woche "Faustlos", dann kommt einmal in der der Woche der Typ vom Projekt "Kinder stark machen" und wir haben jetzt jeden Morgen Frühsport. "Bewegte Schule - Schlaue Köpfe" nennen die Lehrer das. Außerdem besuchen wir Ausstellungen wie die vom Machmit-Museum oder fahren zum Kindertheater. Und am ZISCH-Projekt von der OZ nehmen wir auch teil. Roxy, die Reporter-Kuh, war erst neulich bei uns. Dieses Jahr machen wir noch die Mobilitätsprüfung und fahren auf Klassenfahrt.

Blaubär: Da hol mich doch der Klabautermann!

Enkel: Das ist ja noch nicht alles. Wir üben jeden Morgen für das Projekt "Klasse wir singen". Dann drehen wir gerade ein Musik-Video für den Wettbewerb vom Terzio-Verlag, außerdem beteiligen wir uns am Malwettbewerb der Volksbank und müssen zurZeit täglich das Müsli-Büfett für unsere Schule herrichten. Bei der letzten Aufführung von der Kunstschule haben wir auch mitgemacht und die Sparkasse will uns demnächst zeigen, wie wir unser Taschengeld besser anlegen, damit wir schon jetzt eine kapitalgestützte Altersversorgung auf Wertpapierbasis aufbauen können.

Blaubär: Äh, habt ihr denn auch noch Deutsch und Mathe?

Enkel: Nicht mehr so oft wie früher, aber es gibt ja schließlich in jedem Textprogramm 'ne Rechtschreibprüfung und Taschen-rechner haben wir auch. Und bei PISA sind wir ja jetzt spitze, seitdem wir ständig Vergleichsarbeiten schreiben.

Blaubär: Aha, ...

Enkel: Warum interessiert dich das eigentlich alles?

Blaubär: Na ja, da gibt es so eine Ministerin, Lautheuler-Schmarrenberger oder so ähnlich, die hat neulich gesagt, die Schulkinder sollten schon ab der ersten Klasse Internetzunterricht haben.[21] Und schließlich bin ich ja vor einiger Zeit Grundschulleiter geworden.

Enkel: Ab der ersten Klasse Internetunterricht? Das ist ja voll krass!

Blaubär: Ja, die Frau Schmarrenberger meint, die Kinder solten sich schon gleich nach der Einschulung mit irgendwelchen Netzwerken im Internetz beschäftigen. Ich kenn ja nur Fischernetze und weiß nicht so ganz, was sie da meint.

Enkel: Geile Idee! Lesen durch Twittern!

Blaubär: Wie bitte?

Enkel: Kennst du das etwa nicht, Opa?

Blaubär: Nöö, keine Ahnung.
Enkel 3: Was das Internet anbetrifft, bist du wohl nicht ganz auf dem Laufenden, Opa, oder?

---

[21] Im Dezember 2010 forderte nach dem IT-Gipfel mit Kanzlerin Merkel in Oldenburg die Bundesjustizministerin Sabine Leutheusser-Schnarrenberger (FDP) Internet-Unterricht ab der 1. Klasse. "Ich möchte, dass schon in der Grundschule, ab der 1. Klasse, auf spielerische Art und Weise der richtige Umgang mit dem Netz vermittelt wird", sagte die FDP-Politikerin.

Blaubär: Nun ja, äh, was bedeutet denn Twittern?

Enkel: Das ist voll cool, Opa, da kannst du Kurznachrichten im Netz posten und schon wissen alle deine Freunde, was du gerade so tust oder denkst.

Blaubär: So, so...

Enkel: Oder du meldest dich bei einem Promi an.

Blaubär: Und dann?

Enkel: Dann erfährst du zum Beispiel sofort, ob Bill Kaulitz endlich eine Freundin gefunden hat.

Blaubär: Bill Kaulitz?

Enkel: Sag bloß, denn kennst du auch nicht?

Blaubär: Wisst ihr was Kinder, ich glaub euch gar nichts mehr. Das sind doch alles nur Lügengeschichten. Ich glaub euch weder, dass ihr all die Sachen in der Schule macht, von denen ihr erzählt, noch glaube ich, dass es dieses Twittern gibt. Das einzige was ich glaube ist, dass dieses ganze Internetz-Zeug Teufelskram ist. Das ist ja schlimmer als diese Geschichten vom Elmsfeuer und vom Klabautermann!

Hein Blöd: Käpt'n, da ist ein Brief für sie gekommen.

Blaubär: Schon wieder?

Hein Blöd: Ja, schon wieder. Ich les' den mal vor. Sehr geehrter Herr Blaubär! Wir beglückwünschen Sie dazu, dass Ihre Schule für ein neues Modellprojekt in Niedersachsen ausgewählt worden ist. Dieses Projekt mit dem Namen "Kids On The Net" soll bereits Kinder im ersten Schuljahr an das Internet heranführen. Gleichzeitig soll dieses Projekt zum ersten Mal bilingual erfolgen, damit der Fremdsprachenerwerb noch früher erfolgen kann. Bitte beantragen Sie rechtzeitig bei Ihrem Schulträger die dafür notwendigen W-LAN-fähigen Netbooks im Umfang von zwei Klassensätzen. Ich erteile Ihnen hiermit die dienstliche Anweisung, einmal pro Woche den beigefügten 40seitigen Evaluationsbogen auszufüllen und an die Bertelsmann-Stiftung zur Auswertung zu schicken. Sie können den Bogen natürlich auch online auf unserer Homepage www.kids-on-the-net.de bearbeiten. Loggen Sie sich bitte mit Ihrer Schulnummer ein. Das Passwort bekommen Sie demnächst per E-Mail zugesandt. Versäumen Sie bitte nicht die regelmäßigen Updates. Im Übrigen werden Sie hiermit verpflichtet, sich einen Account beim Internetdienst Twitter einzurichten und unseren Stream zu abonnieren, damit sie die täglichen Kurznachrichten unseres Ministeriums empfangen können. Wir werden Sie vierteljährlich in unser "Education und Assessment Center" nach Hannover einladen, um Sie regelmäßig in den notwendigen Internet-Skills zu coachen. Hochachtungsvoll, Ihr Bernd Althusmann, Kultusminster[22]

---

[22] Bernd Althusmann (CDU) war 2010 bis 2013 niedersächsischer Kultusminister. Nach dem Abitur schlug er eine Offizierslaufbahn bei der Bundeswehr ein, während der er ein Studium der Pädagogik mit Schwerpunkt Personalwesen absolvierte. Im Juli 2011 wurde publik, dass Althusmann in seiner Dissertation an etlichen Stellen inhaltlich oder wörtlich Texte aus anderen unbenannten Quellen übernommen hatte.

Käpt'n Blaubär und der Schummel-Erlass

Enkel: Opa, hast du schon gehört, dass wir in der Schule jetzt schummeln dürfen?

Blaubär: Wie bitte?

Enkel: Ja, unser Lehrer hat gesagt, dass wir alle bald ein bisschen abschreiben dürfen.

Blaubär: Kinners, habe ich euch nicht schon tausendmal gesagt, dass ihr euch keine Lügengeschichten ausdenken sollt?

Enkel: Wir doch nicht Opa. Wenn, dann hast du doch immer ein bisschen gelogen!

Blaubär: Ein bisschen lügen gibt es nicht, genauso wenig wie ein bisschen schwanger sein. Das hat schon immer meine selige Mutter gesagt.

Enkel: Aber ein bisschen abschreiben gibt es. Das meint sogar der oberste Chef von unserem Lehrer.

Blaubär: Also, ich glaube euch kein Wort. Und sowas sind nun meine Enkel. Ihr lügt doch, dass sich die Schiffsbalken biegen!

Enkel: Opa, wer im Glashaus sitzt....

Blaubär: Ja, ja, ich kenne den Spruch. Aber nun mal langsam. Was hat euch denn euer Lehrer nun genau erzählt?

Enkel: Unser Lehrer hat uns einen neuen Erlass erklärt, den er von seinem Minister bekommen hat.

Blaubär: Ja, und was steht da nun drin?

Enkel: Nicht so ungeduldig. Opa! Das sagst du doch auch immer zu uns.

Blaubär: Schon, gut, schon gut. Aber nun spannt mich doch nicht so auf die Schiffsplanke!

Enkel: Nun, in dem Erlass steht, dass ein bisschen abschreiben erlaubt ist, das haben wir dir doch schon gesagt.

Blaubär: Was soll das heißen: "ein bisschen abschreiben"?

Enkel: Das heißt, dass der Lehrer, der uns erwischt hat, ausrechnen muss, wie viel wir abgeschrieben haben.

Blaubär: Ich glaub mich tritt ein Seepferdchen! Wie soll das denn gehen?

Enkel 1: Wichtig ist, wie viel Prozent man abgeschrieben hat. Der Lehrer muss nämlich die abgeschriebenen Wörter zählen.

Blaubär: Und dann?

Enkel 2: Dann muss er eben ausrechnen, wie hoch die Abschreibquote ist.

Blaubär: So, so...

Enkel: Erst bei mehr als 50 % abgeschriebenen Wörtern bekommt man in Zukunft eine "6". Bei 40 - 49 % gibt es eine "5" und bei 30 - 39 % eine "3". Wer weniger als 20 % abschreibt kann noch eine "2" bekommen und bei weniger als 10 % ist sogar eine "1" möglich.

Blaubär: Und das soll ich euch wirklich glauben?

Enkel: Opa, weißt du denn nicht, dass sogar schon mal ein Minister abgeschrieben hat?[23]

Blaubär: Wirklich?

Enkel: Ja, das stand doch in allen Zeitungen. Und der hat sogar seinen Posten deswegen verloren.

Blaubär: Und was hat das mit diesem neuen Schummel-Erlass zu tun?

Enkel: Das ist doch klar! Wenn den Schülern ein bisschen schummeln erlaubt wird, dann dürfen die Politiker auch ein bisschen mogeln.

---

[23] Der Verteidigungsminister Karl Theodor zu Guttenberg (CDU) trat im März 2011 von seinem Amt zurück. Guttenberg hatte in seiner Doktorarbeit zu großen Teilen fremde Texte verwendet, ohne dies anzugeben. Er bestritt aber einen Vorsatz. Neben Medien recherchierten auch interessierte Bürger, die ihre Ergebnisse auf der Internet-Plattform "GuttenPlag-Wiki" präsentierten. Mehr als 60 Prozent der Arbeit seien in der einen oder anderen Form nicht sauber, sagten die Plagiatsjäger. Abgeschrieben worden sei nicht nur aus Fachbüchern, sondern auch aus Zeitungsartikeln und Gutachten des Wissenschaftlichen Dienstes des Bundestages.

Blaubär: So langsam geht bei mir die Schiffslaterne an.

Hein Blöd: Käpt'n, hier ist mal wieder ein Brief für Sie. Soll ich den vorlesen?

Blaubär: Wenn's denn sein muss!

Hein Blöd: Sehr geehrter Herr Blaubär! Leider muss ich Ihnen mitteilen, dass wir uns gezwungen sehen, Ihnen mit sofortiger Wirkung das Kapitänspatent zu entziehen. Auf Grund eines anonymen Hinweises und unserer daraufhin erfolgenden Recherche auf der Internetseite "blaubaerplag.de" haben wir Ihre Abschluss-Klausur an der Seefahrtsschule der Marine noch einmal überprüft und sind zu dem Ergebnis gekommen, dass darin über 50 % von einem gewissen Herrn Blöd abgeschrieben wurden, der gleichzeitig mit Ihnen zur Prüfung zugelassen wurde. Zwar hat Herr Blöd - im Gegensatz zu Ihnen - die Prüfung nicht bestanden, wir bedauern aber, Ihnen dennoch mitteilen zu müssen, dass Sie in Zukunft auf Ihre Bezüge als ehemaliger "Kapitän zur See" verzichten müssen. Hochachtungsvoll, Karl Theodor zu Guttenberg, Bundesminister für Verteidigung

Käpt'n Blaubär will Hein Blöd heiraten

Blaubär: Kinners, ihr könnt euch freuen. Bald habe ich wieder viel mehr Zeit zum Geschichtenerzählen. Ich gehe nämlich in Pension.

Enkel: Aber Opa, du hast doch immer gesagt, die Pensionszahlungen reichen nicht, wenn du vorzeitig in den Ruhestand gehst.

Blaubär: Tja, wie der Seefahrer so sagt: Die Tide ändert sich täglich.

Enkel: Und was hat sich bei dir geändert?

Blaubär: Das Zauberwort heißt "Betreuungsgeld".

Enkel: Betreuungsgeld, was soll denn das sein?

Blaubär: Ihr kriegt ja mal wieder überhaupt nichts mit. Immer nur "Star Wars" gucken und DSDS! Lest ihr denn keine Zeitung? Was ist mit eurem ZISCH-Projekt[24]?

Enkel: ZISCH ist schon lange vorbei, Opa.

Blaubär: Typisch! Wieder nichts Nachhaltiges! Immer nur so ein

---

[24] Im Februar 2010 startete die Ostfriesenzeitung das Projekt „Zeitung in der Grundschule" (ZISCH),bei dem jedem Schüler der Klassen 3 und 4 über einen Zeitraum von 3 Monaten täglich ein eigenes Exemplar kostenlos zur Verfügung gestellt wurde.

pädagogisches Strohfeuer!

Enkel: Nun sag uns doch endlich, was das mit dem Betreuungsgeld bedeutet.

Blaubär: Nun ja, ich werde wohl erstmal klagen müssen.

Enkel: Klagen?

Blaubär: Ja, vor dem Verfassungsgericht, und zwar auf Gleichbehandlung.

Enkel: Wieso Gleichbehandlung?

Blaubär: Das, was für die kleinen Kinder, die nicht zur Krippe sollen, recht ist, muss doch für Senioren wohl billig sein.

Enkel: Hääääääää?

Blaubär: Begreift ihr denn immer noch nicht? Die Eltern, die ihre Kinder nicht in die Krippe geben, bekommen dafür Geld, und zwar nicht zu knapp.

Enkel: Ach du meinst die Herd-Prämie.[25]

---

[25] Das Betreuungsgeld war eine Sozialleistung für Familien in Deutschland, die ihre Kinder im zweiten und dritten Lebensjahr ohne Inanspruchnahme öffentlicher Angebote wie Kindertagesstätten betreuen. Das Betreuungsgeld wurde dam 1. August 2013 eingeführt. Kritiker nannten das Betreuungsgeld „Herdprämie", weil es nach Ansicht der Kritiker die Mütter von der Berufstätigkeit abhalte und damit ein antiquiertes Familienbild fördere.

Blaubär: Genau die meine ich.

Enkel: Und du denkst, jemand, der nicht bis 67 arbeitet, müsste auch so eine Herd-Prämie bekommen?

Blaubär: Genau das denke ich, und deshalb werde ich klagen.

Enkel: Aber die Eltern bekommen doch das Geld und nicht die kleinen Kinder.

Blaubär: Daran habe ich natürlich auch schon gedacht und deshalb müssen Hein Blöd und ich heiraten.

Enkel: Heiraten??????????.

Blaubär: Ja, ihr habt richtig gehört, heiraten.

Enkel: Können denn Männer andere Männer heiraten.

Blaubär: Aber sicher doch! Schließlich leben wir im Zeitalter der Gleichberechtigung. Man nennt das "eingetragene Lebenspartnerschaft". Wisst ihr denn nicht, dass z.B. unser Außenminister, Guido Westerwelle, mit einem Mann verheiratet ist?

Enkel: Aber du und Hein Blöd, ihr seid doch gar kein Liebespaar.

Blaubär: Ja und? Schon mal was von 'ner Scheinehe gehört?

Enkel: Du meinst also, dass Hein Blöd als dein Ehemann das Betreuungsgeld bekommen würde.

Blaubär: Ja, das meine ich und deshalb werden Hein Blöd und ich heiraten. Dann werde ich in den Ruhestand gehen und dann werde ich das Betreuungsgeld einklagen.

Enkel: Weiß Hein Blöd schon davon?

Blaubär: Äh... das ist eben der Haken bei der Sache. Ich weiß noch nicht so ganz, wie ich es ihm beipulen soll.

Hein Blöd: Käpt'n, Post aus Berlin für dich. Darf ich vorlesen?

Blaubär: Nun ja, da ich meine Brille wieder nicht finden kann....

Hein Blöd: Sehr geehrter Herr Blaubär, mir ist zu Ohren gekommen, dass nun auch Sie mit Ihrem langjährigen Lebensgefährten, Hein Blöd, in den Stand der Ehe treten wollen. Ich darf Sie als ein Mann der Öffentlichkeit zu diesem Schritt ausdrücklich begrüßen. Sie wissen sicher, dass ich einer der ersten war, der mit dem Satz "Ich bin schwul, und das ist auch gut so." der gleichgeschlechtlichen Ehe zur Legalität verholfen hat. Ich wünsche Ihnen und Ihrem verehrten Hein Blöd alles Gute für den gemeinsamen Lebensweg. Ihr Klaus Wowereit, Bürgermeister von Berlin

Hein Blöd: Häääääääääää?

Käpt'n Blaubär will Pirat werden

Blaubär: Kinners, hab' ich euch schon erzählt, dass ich Pirat werden will?

Enkel: Du und Pirat, Opa? Die Piraten hätten dich doch mehr als einmal fast über die Planke laufenlassen, als du noch auf See warst. Und haben sie dich nicht sogar mal kielholen lassen?

Blaubär: Ich meine doch keine See-Piraten.

Enkel: Nicht? Was dann?

Blaubär: Ich rede von der Piraten-Partei.[26]

Enkel: Bei denen willst du mitmachen?

Blaubär: Ja natürlich. So kann ich schließlich doch noch Bildungsminister werden und meine Pension aufbessern.

Enkel: Und die nehmen dich?

Blaubär: Die suchen doch händeringend Leute, die bereit sind, Minister zu werden.

---

[26] Die Piratenpartei Deutschland wurde eine am 10. September 2006 in Berlin gegründet Die Kleinpartei versteht sich als Partei der Informationsgesellschaft. Sie war zeitweise auch in einigen Landesparlamenten aber nie in Niedersachsen vertreten. Die Piraten setzten sich von Anfang an für den flächendeckenden Ausbau einer schnellen und zeitgemäßen Internetinfrastruktur ein.

Enkel: Aber die Piraten haben doch gar keine Chance, an die Macht zu kommen.

Blaubär: Und ob die eine Chance haben!

Enkel: Wirklich?

Blaubär: Ja, wenn ich das doch sage! Alle Umfragen melden, dass die FDP im nächsten Jahr aus dem Landtag fliegen wird. Und da die CDU alleine keine Regierungsmehrheit bekommen wird, wollen sie mit den Piraten koalieren.

Enkel: Und das sollen wir dir glauben. Opa?

Blaubär: Das ist nichts als die reine Wahrheit.

Enkel: Meinst du denn die CDU und die Piraten haben die gleichen Ziele?

Blaubär: Seitdem ich mein geniales Bildungskonzept auf dem Parteitag der Piraten vorgestellt habe, sind sie ein Herz und eine Seele.

Enkel: Opa, du schwindelst doch wieder.

Blaubär: Immer die alten Vorwürfe. Ihr solltet mich inzwischen besser kennen. Also, die Sache ist so. Der Möllring von der CDU will doch möglichst viele Lehrer einsparen. Und sein Parteikollege Althusmann muss andererseits die Inklusion einführen.

Enkel: Ja und?

Blaubär: Immer die gleiche Ungeduld! Nun lasst mich doch mal ausreden, olle Sabbelschnuten! Hier setzt doch gerade meine Idee an. Alle Schulkinder in Niedersachsen sollen ein Ei-Päd bekommen. Und die Bertelsmann-Stiftunmg wird passgenau eine Software entwickeln, mit der jeder Schüler seine Aufgaben tagtäglich online auf seinen Tablet-Computer bekommt, und zwar genau auf dem dem Niveau, welches seinen Fähigkeiten entspricht. So kann man gleichzeitig Förderschüler und Gymnasiasten in einer Klasse unterrichten, ohne dass man so viele Lehrer braucht. Das Motto heißt: "An apple display keeps the teacher away!"

Enkel: Sehr witzig! Und das soll funktionieren?

Blaubär: Aber natürlich. Das nennt sich "liquid education" und läuft wie geschmiert. Die Piraten sind begeistert, weil jeder Schüler freien Zugang zum Internet hat und die CDU kann gleichzeitig Geld sparen und die Inklusion einführen.

Enkel: Also ich glaube nicht, dass die CDU so modern ist und so etwas mitmacht. Die misstrauen doch dem Internet und denken sich dauernd neue Kontrollen aus.

Blaubär: Ihr habt eben überhaupt keine Ahnung, wie modern diese Partei inzwischen geworden ist.
Enkel: Die CDU und modern?

Blaubär: Ja modern. Die CDU ist nicht nur inzwischen die Partei der Energiewende, sondern nutzt selbst fleißig das Internet. Der

67

Minister Altmeyer ist von der BILD-Zeitung bei seinem Amtsantritt zum "Twitter-König"[27] ausgerufen worden und hat schon 13.779 Follower.

Enkel: Du kennst dich ja megagut aus, Opa.

Blaubär: Und ob! Und ihr habt bestimmt mitbekommen, dass selbst der Seehofer in Bayern erst neulich eine Facebook-Party veranstaltet. hat.[28]

Hein Blöd: Käpt'n, da draußen sind so etwa 1500 Leute, die alle umsonst einen Grog haben wollen.

Blaubär: Wie bitte?

Hein Blöd: Ja, das ist das Neuste und nennt sich Grog-Mob. Irgendjemand hat sich da wohl in Ihren Facebook-Account gehackt und alle hierher eingeladen, die umsonst einen Grog haben wollen. Er hat dort gepostet, sie müssten nur das Lied "An der Nordseeküste" vorsingen.

---

[27] Die „Bild"-Zeitung druckte am 29.8.2012 die angeblich „20 besten Tweets" des „Twitter-Königs" Altmayer, nachdem dieser 100 Tage im Amt sei.

[28] Der „Spiegel" berichtete am 8.5.2012 unter der Überschrift „Seehofers Facebook Party": „Neun Euro für ein Mixgetränk, faltenfreie Damen und ein witzelnder Senior-Surfer: Horst Seehofers Facebook-Party gerät zum PR-Event. Nur ein paar hundert Gäste finden den Weg in die Münchner Nobeldisco P1. Den Mangel an Masse kaschiert der CSU-Chef mit Volksnähe."

Käpt'n Blaubär und das liebe Gott

Blaubär: Habe ich euch schon erzählt, dass ich nun doch nicht Bildungsminister, sondern Bundesfamilienminister werden will?

Enkel: Ach? Und woher kommt der plötzliche Sinneswandel, Opa?

Blaubär: Nun ja, die Piraten werden wohl nach neusten Umfragen doch nicht in den Landtag kommen. Und der kluge Seemann baut halt vor.

Enkel: Und für welche Partei trittst du an, wenn nicht für die Piraten?

Blaubär: Na, für die CSU natürlich. Die kleinen Parteien haben doch am meisten Einfluss. Ich sage nur Betreuungsgeld, Steuerentlastung für Hoteliers und Pflege-Bahr[29]. Wer hat das denn alles durchgesetzt?

Enkel: Da hast du natürlich Recht, Opa. Aber meinst du nicht,

---

[29] Die private Pflegezusatzversicherung war im Januar 2013 unter dem damaligen Bundesgesundheitsminister Daniel Bahr (FDP) eingeführt worden als Ergänzung der seit 1995 bestehenden staatlichen Pflegeversicherung. Nach Ansicht der Kritiker dieser Regelung wird mit dem Pflege-Bahr das Pflegerisiko privatisiert und vom Geldbeutel der Menschen abhängig gemacht werde. Mehr als die Hälfte der Pflegekosten müssen die Bürger aber jetzt schon aus eigener Tasche zahlen.

dass Frau Schröder[30] eine zweite Amtszeit bekommt, wenn die schwarz-gelbe Koalition siegt?

Blaubär: Die hat sich doch ihre Chancen vermasselt.

Enkel: Wieso das denn? Die tut doch keinem weh. Zum Beispiel will sie, dass die Frauenquote nur freiwillig eingeführt wird. Genauso wie die Industrie das will

Blaubär: Ihr kleinen Dösköppe kriegt ja wohl gar nichts mit! Erstmal hat Frau Schröder es sich durch ihr Anti-Emanzipationsbuch sogar mit Alice Schwarzer verdorben[31] und ist damit auch bei der „Bild"-Zeitung unten durch, und dann hat sie auch noch allen Ernstes vorgeschlagen, nicht mehr „der Gott", sondern „das Gott" zu sagen.

Enkel: Opa, jetzt schwindelst du aber wieder!

Blaubär: Ich und schwindeln? Das stand schließlich in der „Zeit".

Enkel: Wirklich?

Blaubär: So wahr wie ich **der** Blaubär und nicht **das** Blaubär bin.

---

[30] Kristina Schröder (CDU) war vom 30. November 2009 bis zum 17. Dezember 2013 Bundesministerin für Familie, Senioren, Frauen und Jugend.

[31] Im April 2012 schreibt die Zeitung „Die Welt": „In ihrem Buch ‚Danke, emanzipiert sind wir selber!' bekämpft Familienministerin Kristina Schröder den Feminismus und Alice Schwarzer."

Enkel: Und warum hat sie das gesagt?

Blaubär: Die hat ja so ein kleines Kind von einem Jahr. Und da macht sie sich einfach Gedanken, wie man diesem Kind „Pippi Langstrumpf" oder die Bibel vorlesen kann, ohne dass es zu Diskriminierungen kommt.

Enkel: Aber ein einjähriges Kind versteht doch solche Bücher noch gar nicht.

Blaubär: Da habt ihr natürlich Recht. Wahrscheinlich denkt sie, dass das eine gute Methode ist, um Hochbegabung zu fördern.

Enkel: Also irgendwie verstehe ich das immer noch nicht. Warum will nun die Frau Schröder nicht mehr **der** liebe Gott sagen?

Blaubär: Sie meint wohl, dass es eigentlich egal ist, ob Gott ein Der oder eine Die ist. Aber da hat sie es sich gründlich mit der CDU und der CSU verdorben. Schließlich wissen die als christliche Parteien ganz genau, ob Gott männlich oder sächlich ist.

Enkel: Was haben die denn gesagt?

Blaubär: Da hat es ziemlich harte Worte gegeben: „verkopfter Quatsch" und „religiösen Analphabetismus" haben sie ihr vorgeworfen. Und irgendjemand hat gesagt: „Der liebe Gott bleibt der liebe Gott."

Enkel: Eigentlich ist das doch gar nicht so wichtig, Opa. Aber warum willst du nun der Nachfolger von Frau Schröder werden?

Blaubär: Ja habt ihr denn neulich nicht richtig zugehört? Ich will doch, dass das Betreuungsgeld nicht nur für Kinder gezahlt wird, sondern auch für die Betreuung eines Lebenspartners. Und das werde ich als Minister sofort mit der tatkräftigen Hilfe meines Freundes Horst Seehofer durchdrücken und dann Hein Blöd heiraten.

Enkel: Du hast also immer noch diese komische Idee?

Blaubär: Das ist keine komische Idee, sondern es geht einzig und allein um meine Altersvorsorge. Als ehemaliger, selbstständiger Kapitän bekomme ich schließlich keine gesetzliche Rente. Und leider werde ich auch niemals zu solch gut bezahlten Vorträgen wie dieser Peer Steinbrück [32] eingeladen. Man muss als alleinerziehender Großvater halt sehen, wo man bleibt.

Enkel: Hast du Hein Blöd eigentlich schon gefragt, ob er dich heiraten will?

Hein Blöd: Käpt'n, hier ist schon wieder Post aus Berlin.
Blaubär: Lies schon vor!

Hein Blöd: Sehr geehrtes Käpt'n Blaubär! Ich habe mich zu

---

[32] Peer Steinbrück (SPD) war 2005 bis 2009 Bundesfinanzminister. Im Jahr 2012 berichtete Die "Welt am Sonntag" nach ihren Recherchen habe der ehemalige Finanzminister Steinbrück (SPD) in den Jahren 2009 bis 2012 über eine Million Euro mit seinen Reden verdient. Der "Spiegel" berichtete, Steinbrück habe Honorare von Firmen erhalten, die während seiner Zeit als Bundesfinanzminister von Aufträgen des Ministeriums profitiert hätten.

dieser geschlechtlich neutralen Anrede entschlossen, damit mein Kind, das schon eifrig mit mir zusammen ihre wunderbaren Erzählungen bei der „Sendung mit der Maus" anschaut, erfährt, dass es bei uns Menschen nicht so sehr auf das Geschlecht ankommt, sondern allein auf die Leistungen, die jemand erbringt. Ich habe nun von meinem bayrischen Parteifreund Horst Seehofer erfahren, dass sie als Nachfolger für das Amt des Bundesfamilienministers nominiert wurden. Ich teile Ihnen als derzeitige Amtsinhaberin mit, dass ich Ihnen vorbehaltlos und ganz ohne Groll zu dieser Nominierung gratuliere und alles Gute wünsche. Im Übrigen habe ich sowieso vor, ein zweites Kind zu bekommen und für längere Zeit mit Hilfe des Betreuungsgeldes zu Hause zu bleiben. Ihre Kristina Schröder, Ministerin für Familie, Senioren, Frauen und Jugend

Käpt'n Blaubär und die Männerquote

Blaubär: Kinners, ihr dürft mir gratulieren.

Enkel: Aber, du hast doch gar nicht Geburtstag, Opa.

Blaubär: Ihr sollt mir ja auch nicht zum Geburtstag gratulieren, ihr kleinen Döösköppe, sondern dazu, dass ich Spitzenkandidat für die AfD[33] werden soll.

Enkel: AfD, was soll das denn sein?

Blaubär: Na, ihr bekommt aber auch wieder rein gar nichts mit. Habt ihr denn noch nichts von der "Alternative für Deutschland" gehört?

Enkel: "Alte Naive für Deutschland"? Da bist du Mitglied?

Blaubär: Doch nicht "alte Naive", sondern "Alternative".

Enkel: Und was soll das heißen: "Alternative"?

Blaubär: Fremdwörter behandelt ihr wohl gar nicht mehr in der Schule! Das bedeutet, dass man einen Gegenvorschlag für irgendwas macht.

Enkel: Und was schlagt ihr da so vor?

---

[33] Die Partei AFD wurde 2013 gegründet und hatte 2019 einen Frauenanteil von 17,8 %.

Blaubär: Also, erstmal soll der Euro wieder abgeschafft werden. Und dann soll das Bildungssystem verbessert werden, indem man eine Männerquote an den Grundschulen einführt.

Enkel: Eine Männerquote?

Blaubär: Ja, eine Männerquote. Ihr wisst doch selber nur zu gut, dass an den Grundschulen viel zu wenig Lehrer arbeiten. Ihr habt doch bis auf den Schulleiter auch nur Lehrerinnen an eurer Schule.

Enkel: Da hast du allerdings recht.

Blaubär: Seht ihr! Und da bekannt ist, dass vor allem Jungs viel besser lernen können, wenn sie von Männern betreut werden, wollen wir eben die Männerquote einführen.

Enkel: Und was soll das genau sein, eine Männerquote?

Blaubär: Eine Männerquote bedeutet, dass die Hälfte aller Lehrkräfte Männer sein sollen.

Enkel: Aber Opa, wo sollen die denn alle herkommen? Die meisten Männer haben doch gar keine Lust, sich mit kleinen Kindern abzugeben.

Blaubär: Ihr habt eben überhaupt gar keine Ahnung, äh, ich meine, euch fehlt einfach noch ein bisschen die Lebenserfahrung. Man muss den Männern nur etwas mehr Geld als den Frauen anbieten, dann bekommen die auch Lust mit kleinen Kindern rumzutüdeln.

Enkel: Aber Opa, das ist doch total ungerecht!

Blaubär: Wieso das denn? In unserem Land ist es in vielen Berufen üblich, dass die Männer mehr als die Frauen bezahlt kriegen, und zwar aus gutem Grund.

Enkel: Und der wäre?

Blaubär: Männer sind nun einmal viel leistungsfähiger als Frauen. Die werden zum Beispiel nicht schwanger und gehen dann wochen- und monatelang in den Mutterschutz und anschließend noch jahrelang in die Elternzeit.

Enkel: Aber es gibt doch auch Männer die Elternzeit nehmen.

Blaubär: Das ist doch nur eine kleine, radikale Minderheit!

Enkel: Stimmt. Viele machen das nicht.

Blaubär: Sag ich doch. Und mit der Männerquote an den Grundschulen werden wir von der AfD die nächste Bundestagswahl mit Sicherheit gewinnen und endlich die Bildungsrepublik Deutschland bekommen, die unsere Kanzlerin uns schon vor vielen Jahren versprochen hat. Und außerdem wird dann alles wieder billiger, weil wir den Euro abschaffen und unsere gute alte D-Mark zurückbekommen werden.

Hein Blöd: Käpt'n, da ist schon wieder so ein Brief für Sie aus Berlin.

Blaubär: So langsam gewöhn ich mich dran. Dann lies mal vor.

Hein Blöd: Sehr geehrter Käpt'n Blaubär! Mein Parteifreund, Horst Seehofer, hat Ihnen vor einiger Zeit das Amt des Bundesfamilienministers angeboten. Sie wissen aber sicherlich, dass laut Verfassung das Vorschlagsrecht für Ministerämter beim Bundeskanzler bzw. der Bundeskanzlerin liegt. Ich habe nun beschlossen, dass Frau Schröder weiterhin Bundesfamilienministerin bleiben soll. Ihnen möchte ich hingegen im Falle eines Wahlsieges bei der kommenden Bundestagswahl das Amt des Bundesbildungsministers offerieren. Im Zuge der von mir angestrebten Bildungsrepublik Deutschland erscheint mir das von Ihnen entwickelte Konzept einer Männerquote im Grundschulbereich im Gegensatz zu der Frauenquote im Management als äußerst zukunftsfähig und nachhaltig. Sie sollten sich deshalb Ihre Kandidatur für die AfD noch einmal gründlich überlegen. Ihre Angela Merkel, Bundeskanzlerin

Käpt'n Blaubär geht auf Klassenfahrt

Enkel: Na Opa, wie gefällt dir dein neuer Job als Bundesschrift-minister denn so?

Blaubär: Neuer Job ist gut. Ich bin den schon wieder los.

Enkel: Was? Wieso das denn?

Blaubär: Ich war einfach zu erfolgreich. Innerhalb kürzester Zeit habe ich den ganzen niedersächsischen Gymnasiallehrern eine gestochene Handschrift beigebracht. Der olle Sütterlin hätte seine helle Freude daran gehabt.[34]

Enkel: Und nun, Opa, was machst du jetzt?

Blaubär: Für einen Mann von meinem Format und meiner Erfahrung gibt es immer eine neue Aufgabe.

Enkel: Gehst du etwa zur Deutschen Bahn?

Blaubär: Wo denkt ihr hin! Ich bin Effizienzexperte für das niedersächsische Schulwesen geworden.

Enkel: Und was macht man da so als Effidingsda-Experte oder wie das heißt?

Blaubär: Nicht mal die einfachsten Wörter könnt ihr heutzutage

---

[34] In regelmäßigen Abständen wird vor allem an Gymnasien die Unleserlichkeit der Handschriften der Grundschüler beklagt, die man auf die Abschaffung der Lateinischen Ausgangsschrift als Standardschrift zum Schreibenlernen zurückführt.

noch aussprechen Eeeefiiiiiziiiiiiiiiiiieeeenz-Experte heißt das!

Enkel: Nun reg dich mal nicht so auf, Opa. Was machst du denn da so als Effi...na du weißt schon?

Blaubär: Tja, ich soll mir Vorschläge einfallen lassen, wie die Arbeitszeit der Lehrer effizienter und rationeller eingesetzt werden kann.

Enkel: Opa, ich verstehe mal wieder rein gar nichts.

Blaubär: Nun, es geht darum, dass wir in Niedersachsen mit weniger Lehrern auskommen und auf diese Weise Geld sparen können.

Enkel: Und wie soll das gehen?

Blaubär: Ganz einfach: Man lässt sie mehr arbeiten.

Enkel: Mehr arbeiten?

Blaubär: Ja, mehr arbeiten. Wir alle wissen doch, dass die faulsten Säcke bei den Lehrkräften die Gymnasiallehrer und die Grundschullehrer sind. Die Grundschullehrer verdödeln doch fast den ganzen Vormittag mit ihren Schulkindern in irgendwelchen Spiel- und Kuschelecken und nennen das dann Freiarbeit.

Enkel: Soso, und die Gymnasiallehrer?

Blaubär: Die schicken ihre Schüler dauernd in den Computerraum und sagen: „Nun macht man!" Und dann verkünden sie ganz stolz: „Unsere Schüler lernen jetzt im Selbstlernzentrum!"

Enkel: Und deshalb lässt du nun die Grundschullehrer und die Gymnasiallehrermehr arbeiten?

Blaubär: Nicht ganz. Leider kann kann ich nur die Gymnasiallehrer mehr arbeiten lassen.

Enkel: Warum denn nur die Gymnasiallehrer?

Blaubär: Weil die Grundschullehrer schon 28 Stunden unterrichten müssen und die Grundschulen nur 26 Stunden Unterricht für ihre Kinder anbieten.

Enkel: Das stimmt Opa, unsere Lehrerin macht deswegen dreimal in der Woche Frühförderung und ich muss dann immer schon um halb acht in die Schule. Das ist wirklich ätzend. Ich stell mir gerade vor, ich müsste **jeden** Tag eine halbe Stunde eher in die Schule.

Blaubär: Ja, an die Grundschullehrer komme ich arbeitszeitmäßig nicht ran. Aber den Gymnasiallehrern, denen habe ich jetzt ab dem nächsten Schuljahr eine Stunde mehr aufgebrummt.

Enkel: Und das lassen die sich so einfach gefallen? Müssen die denn nicht immer ganz viel korrigieren?

Blaubär: Ach, papperlappap! Die paar Korrekturen! Die haben sie doch nur während der Abizeit. Aber - ihr habt schon Recht. Einige versuchen sich wirklich zu wehren.

Enkel: Und was machen die?

Blaubär: Also, äh... das Ganze ist eigentlich völlig lächerlich:

Enkel: Nun sag doch schon, Opa, was machen die?

Blaubär: Die wollen sich weigern, auf Klassenfahrt zu gehen.

Enkel: Echt? Das ist aber fies. Klassenfahrten sind doch mit das Beste an der Schule!

Blaubär: Was ihr nicht sagt! Klassenfahrten sind doch nichts weiter als bezahlter Urlaub für die Lehrer! Und den nehmen sich nun einige selbst. So blöd muss man erst mal sein!

Hein Blöd: Käpt'n, da ist ein Brief für Sie von so einer Heiligen?

Blaubär: Einer Heiligen?

Hein Blöd: Äh, nee... ich sehe gerade, die heißt nur so komisch: Heiligenstadt.

Blaubär: Ach, das ist von meiner Chefin. Na, dann lies mal vor!

Hein Blöd: Sehr geehrter Herr Blaubär! Ich darf Ihnen die erfreuliche Mitteilung machen, dass Sie in den nächsten Wochen mehrere Studien- und Klassenfahrten für zwei Emder Gymnasien organisieren und durchführen sollen. Da solche Fahrten bekanntermaßen einen hohen Freizeitwert haben und nur einen Arbeitseinsatz von wenigen Stunden pro Tag erfordern, wird Ihnen die Hälfte Ihrer wöchentlichen Arbeitszeit als Minus-

81

stunden berechnet, die Sie nach der Durchführung dieser Fahrten noch im Laufe des Kalenderjahres als Überstunden nacharbeiten müssen. Wir gehen davon aus, dass Sie sicherlich die Großzügigkeit dieser Regelung und die Herausforderungen Ihrer neuen Aufgabe zu schätzen wissen. Hochachtungsvoll, Ihre Frauke Heiligenstadt, niedersächsische Kultusministerin[35]

---

[35] Frauke Heiligenstadt (SPD) war von 2013 bis 2017 Niedersächsische Kultusministerin. Sie erhöhte 2014 eine Pflichtstundenzahl für gymnasiale Lehrkräfte um eine Unterrichtsstunde. Die Gymnasiallehrer, darunter auch zahlreiche Lehrkräfte aus Emden, weigerten sich daraufhin, weiterhin unentgeltlich Klassenfahrten durchzuführen, wozu sie nach niedersächsischem Schulrecht nicht verpflichtet sind. Mit Unterstützung der Gewerkschaft Erziehung und Wissenschaft (GEW) klagten mehrere Lehrkräfte erfolgreich vor dem Oberverwaltungsgericht Lüneburg gegen den umstrittenen Erlass. Noch 2009 hatte Heiligenstadt als Oppositionspolitikerin die Überlastung der niedersächsischen Lehrkräfte durch die CDU angeprangert.

Käpt'n Blaubär und die Sprachförderung

Blaubär: Hab' ich euch schon erzählt, dass ich ein Jobangebot aus Bayern bekommen habe.

Enkel: Aus Bayern? Du schwindelst doch wieder. Opa!

Blaubär: Ich gebe zu, es klingt unglaublich, aber es ist genauso wahr, wie ich Blaubär heiße.

Enkel: Opa, verstehen die dich denn mit deinem norddeutschen Akzent in Bayern?

Blaubär: Norddeutscher Akzent, was soll das denn heißen? Wir Norddeutschen sind bekanntermaßen die einzigen Deutschen, die glasklares Hochdeutsch sprechen. Und genau deshalb wollen die Bazis mich dort haben.[36]

Enkel: Du meinst wohl eher dort oben.

Blaubär: Na, meinetwegen auch dort oben.

Enkel: Wirst du denn nicht das Meer vermissen?

Blaubär: Ganz bestimmt! Und vor allem werde ich euch ver-

---

[36] Im Dezember 2014 meldete „Der Spiegel": „Die CSU spielt Migranten-Polizei. Migranten müssen zu Hause Deutsch sprechen, findet die CSU. Die CSU will bestimmen, wie es in deutschen Wohnzimmern zugeht. Migranten sollen angehalten werden, auch zu Hause Deutsch zu sprechen, heißt es in einem Leitantragsentwurf für den CSU-Parteitag."

missen, ihr kleinen Racker. Aber ich weiß ja, bei Hein Blöd seid ihr in den besten Händen und bereits in einem Jahr bin ich doch wieder da.

Enkel: In einem Jahr erst?

Blaubär: Nun habt euch man nicht so. Hein Blöd kann auch ganz schöne Geschichten erzählen und bei YouTube gibt es tolle Videos von mir.

Enkel: Aber das ist doch nicht dasselbe, Opa.

Blaubär: Nun macht mir doch die Sache nicht so schwer, Kinners. Mich reizt einfach die Aufgabe.

Enkel: Was sollst du eigentlich in Bayern machen. Opi?

Blaubär: Ich werde der bundesweit erste Landesbeauftragte für Sprachmotivation von Migranten.

Enkel: Hä??????

Blaubär: Ja bekommt ihr denn wieder rein gar nichts mit? Habt ihr noch nichts von der Idee gehört, dass die CSU die Migranten in Deutschland motivieren möchte, zu Hause Deutsch zu sprechen.

Enkel: Echt? Und wie wollen die das machen?

Blaubär: Die nicht, sondern ich. Ich bin es, der die entscheidende Idee gehabt hat.

Enkel: Wie immer, Opa.

Blaubär: Ihr braucht gar nicht zu spotten. Meine Idee ist wirklich genial. Und - ihr werdet es mal wieder nicht glauben - sie ist voll auf der technischen Höhe der Zeit.

Enkel: Da sind wir aber gespannt.

Blaubär: Tja, ihr denkt wohl immer noch, ich sei ein Internet- und Computer-Muffel. Dieses Mal irrt ihr euch aber gewaltig. Ich habe nämlich, ohne dass ihr davon etwas wusstet, einen Computer-Kurs für Senioren belegt. Und nun bin ich voll auf dem Laufenden. Ich besitze jetzt sogar ein Schmart-Fon!

Enkel: Ein Smart-Phone?

Blaubär: Tja, da staunt ihr, was?

Enkel: Du bist echt cool, Opa!

Blaubär: Und wenn ihr erst mal meinen Vorschlag gehört habt, dann werden ihr kleinen Nerds merken, dass ich sogar mega-cool bin.

Enkel: Nun erzähl's uns endlich, Opa. Du machst es ja noch spannender als sonst.

Blaubär: Also, die geniale Idee von mir besteht darin, dass wir jeden Migrantenhaushalt mit kostenlosen Tabletten ausstatten werden.

Enkel: Tabletten?

Blaubär: Äh, wie heißen die Dinger gleichen noch mal?

Enkel: Meinst du vielleicht Tablets?

Blaubär: Genau! Diese kleinen Computer ohne Tastatur meine ich, die schon jedes Baby bedienen kann.

Enkel: Und was soll das bringen, Opa?

Blaubär: Diese Dinger haben doch so einen Webkamm.

Enkel: Du meinst Webcam, Opa, so eine kleine Kamera.

Blaubär: Richtig, diese kleinen Kameras meine ich. Und ich habe in meinem Kurs gelernt, dass man damit durch das Internetz alles sehen kann, was so bei dem Juser passiert, der dieses Tablett – oder wie das Ding heißt – benutzt.

Enkel: Und warum sprechen die Migranten, wenn sie so ein Tablet haben, mehr Deutsch zu Hause?

Blaubär: Ganz einfach: Weil sie diesen kleinen Computer nur behalten dürfen, wenn sie auch mindestens drei Stunden Deutsch am Tag gesprochen haben.

Enkel: Und das willst du wahrscheinlich über die Webcam kontrollieren?

Blaubär: Ihr seid gar nicht so schwer von Kapee, wie ich manchmal denke. Immer wenn die ins Internetz gehen, wird von unserer Behörde die Webcam aktiviert und ein Beamter im Kultusministerium kann kontrollieren, ob die auch wirklich genug Deutsch sprechen.

Enkel: Aber Opa, das ist ja schlimmer als alles, was die Amerikaner und die NSA bisher an Internet-Spionage gemacht haben.

Blaubär: I wo! Das ist doch keine Spionage, hier geht es schließlich nicht um Staatsgeheimnisse, sondern nur um private Sachen.

Hein Blöd: Käpt'n, da ist schon wieder ein Brief. Der ist von einem Andreas Bescheuert oder so ähnlich. Aber dieses Mal ist ein goldener Löwe drauf und nicht so ein weißes Pferd.

Blaubär: Aha, das wird meine Einstellungsurkunde sein. Lies vor, Hein! Hein: Sehr geehrter Herr Blaubär! Ich muss Ihnen die Mitteilung machen, dass ich als Generalsekretär der CSU nach der üblen Medien-Kampagne anlässlich meiner Vorschläge zur besseren Integration von Migranten zurückgetreten bin. Leider ist der bayrische Ministerpräsident auch von dem Vorschlag abgerückt, das Amt eines Landesbeauftragten für Sprachmotivation von Migranten einzurichten. Erfreulicherweise bin ich aber in der Lage, Ihnen einen Alternativvorschlag zu unterbreiten: Ich plane den Vorsitz der Initiative OBEGIDA zu übernehmen. OBEGIDA bedeutet, „Ostfriesische und bayrische Europäer gegen die Islamisierung des Abendlandes". Ich würde sie gerne als meinen Co-Vorsitzenden nominieren. Wir Bayern und Ostfriesen sollten in Zukunft nicht nur den Windstrom miteinander teilen, sondern wir sollten auch gemeinsam den Untergang des

Abendlandes verhindern. Hochachtungsvoll, Ihr Andreas
Scheuer

Käpt'n Blaubär erweitert den Bildungs-Kanon

Enkel: Schön Opa, dass du wieder da bist. So allein mit Hein Blöd war es stink-langweilig!

Blaubär: Tja, der kann eben nicht so schöne Geschichten erzählen wie ich!

Enkel: Wollten die dich in Bayern nicht mehr haben? Oder haben die dich etwa doch nicht so richtig verstanden?

Blaubär: Tja, das ist eine lange Geschichte, mit der möchte ich euch nicht langweilen.

Enkel: Bleibst du denn wenigstens jetzt hier? Oder willst du uns etwa schon wieder mit Hein-Blöd allein lassen?

Blaubär: So leid es mir tut, Kinners. Ich muss schon bald nach Berlin.

Enkel: Nach Berlin?

Blaubär: Ja, da staunt ihr? Ich soll Staatssekretär bei der Bundesbildungsministerin, Frau Wanka, werden.

Enkel: Und was sollst du für diese Frau Wanka machen?

Blaubär: Ich soll den Landesregierungen neue Schulfächer schmackhaft machen?

Enkel: Neue Schulfächer??????

Blaubär: Da ihr habt richtig gehört.

Enkel: Aber wir haben doch schon so viele Schulfächer!

Blaubär: Die Zeiten ändern sich eben und damit auch die Herausforderungen an solche kleinen Rotznasen, wie ihr es seid. Das erste Fach, was neu dazukommen soll, nennt sich „Alltagswissen". Das ist der persönliche Wunsch von Frau Wanka.[37]

Enkel: Alltagswissen? Was soll denn das sein?

Blaubär: In dem Fach lernt man zum Beispiel wie man ohne Mikrowelle etwas kochen kann.

Enkel: Aber Opa, wir machen doch in der Schule schon einen Ernährungsführerschein.

Enkel: Und da kochen wir ganz viel ohne Mikrowelle.

Enkel: Außerdem haben wir von dir gelernt, wie man Labskaus mit Spiegelei macht.

---

[37] Die ehemalige Bundesbildungsministerin Johanna Wanka (CDU) forderte im Jahr 2015 ein Unterrichtsfach zur Vorbereitung auf die Herausforderungen des Alltags einführen. „Das Fach 'Alltagswissen' fände ich gut. Dort könnten die Schüler Dinge lernen, die für ihr praktisches Leben wichtig sind", sagte Wanka der „Bild am Sonntag." Sie denke etwa an Fallen in Handyverträgen, handwerkliche Fähigkeiten, aber auch an Grundkenntnisse in richtiger Ernährung und Kochen.

Blaubär: Das mag ja sein, dass ihr das alles könnt, aber die meisten Kinder und Jugendlichen können, nun mal nicht richtig kochen.

Enkel: Und was soll es noch für neue Fächer geben?

Blaubär: Eine ganze Menge: in Medienkompetenz lernt man z.B. was über das Internet, in Wirtschaftskunde kriegt man erklärt, wie man seine Privatrente mit Wertpapieren aufbaut, in Ernährungskunde wird über ungesunde Lebensmittel aufgeklärt und im Fach Benehmen, welches ich für das wichtigste halte, werden Höflichkeit, Rücksichtnahme und Pünktlichkeit eingeübt.

Enkel: Findest du uns denn so unhöflich und rücksichtslos, Opa?

Blaubär: Nun ja, ihr seid rühmliche Ausnahmen, denn schließlich habe ich euch erzogen.

Enkel: Sag mal Opa, wir haben ja jetzt schon sechsundzwanzig Stunden Unterricht in der Woche. Wenn es so viele neue Fächer geben soll, dann müssen wir doch auch nachmittags in die Schule gehen.

Enkel: Und jede Menge neue Lehrer brauchen wir dann ja wohl auch!

Blaubär: Das ist eben der Irrtum. Ich habe nämlich mal wieder die entscheidende Idee gehabt. Ich hatte in Bayern ziemlich viel Zeit nachzudenken.

Enkel: Wie soll das gehen, Opa? Fünf neue Fächer, ohne mehr Unterrichtsstunden?

Blaubär: Ganz einfach! Die Schulstunde wird von 45 Minuten auf 35 Minuten gekürzt. Man spart so pro Schulstunde ganze 10 Minuten. Bei einer Stundentafel von z.b. 26 Stunden wird es so möglich, 7,4 weitere Stunden extra zu erteilen. Bei einer Stundentafel von 30 Stunden kommt man sogar auf 8,5 zusätzliche Stunden.

Enkel: Aber fehlt denn die Zeit nicht in den anderen Fächern?

Blaubär: Die fehlende Zeit wird einfach dadurch wettgemacht, dass die Schüler sich durch das Fach Benehmen in Zukunft völlig anders verhalten. Keiner kommt mehr zu spät und der Unterricht kann viel pünktlicher beginnen. Auch diese ganzen unerfreulichen Streitschlichtungen zu Beginn jeder Stunde fallen weg und alle sind einfach viel aufmerksamer.

Hein Blöd: Käpt'n, da ist ein Brief für Sie von irgend so einem Wonka.

Enkel: Was? Ist das vielleicht der Willi Wonka von der Schokoladenfabrik?

Blaubär: Lass mal sehen, Hein Blöd. Hab' ich mir's doch gedacht. Der Brief ist nicht von einem Herrn Wonka, sondern von der Ministerin, Frau Wanka, und enthält bestimmt meine Ernennungsurkunde.

Hein Blöd: Darf ich wieder vorlesen Käpt'n`?

Blaubär: Wegen mir.

Hein: Sehr geehrter Käpt'n Blaubär! Leider muss ich Ihnen mitteilen, dass die Kultusministerkonferenz Ihre Vorschläge bezüglich neuer Fächer abgelehnt hat. Ich persönlich bedaure sehr, dass das Fach Alltagswissen immer noch nicht in unseren Bildungs-Kanon aufgenommen werden kann. Erst kürzlich konnte ich wieder beobachten wie meine Neffen und Nichten versuchten, Pommes Frites in der Mikrowelle zuzubereiten. Nach einer im Mai dieses Jahres veröffentlichten Umfrage hätten die Bürger unseres Landes als neue Pflichtfächer am liebsten «Benehmen» (51 %) vor «Wirtschaft» (48 %), «Gesundheitskunde» (42 %), «Suchtprävention» (39 %) oder «Computerprogrammierung» (35 %). Dies zeigt, dass unsere Bevölkerung weitsichtiger ist als so mancher Politiker. Aber leider sind die Zeiten vorbei, da man auf das Volk gehört hat. Deshalb muss ich Ihnen bedauerlicherweise mitteilen, dass ich keine Verwendung mehr für Sie habe. Vielleicht sollten Sie es doch noch einmal als Kapitän versuchen. Ich könnte mich sicherlich bei der Marine für Sie einsetzen. Hochachtungsvoll, Ihre Johanna Wanka, Bundebildungsministerin

Käpt'n Blaubär versucht ein Comeback

Blaubär: Es geht ein Hi-Ha-Althusmann in unserm Kreis herum, fidebum. Es geht ein Hi-Ha-Althusmann in unserm Kreis herum.

Enkel: Opa, heißt das nicht Bi-Ba-Busemann,

Blaubär: Nö, eigentlich heißt das Bi-Ba-Butzemann.

Enkel: Und warum singst du Hi-Ha-Althusmann?

Blaubär: Erstens, weil ich gute Laune habe. Und zweitens, weil mein früherer Arbeitgeber, Herr Althusmann, bald wieder im Dienst ist und zwar dieses Mal sogar als Ministerpräsident.

Enkel: Als Ministerpräsident? Aber heißt der nicht Stephan Weil?

Blaubär: Ihr wisst ja doch so einiges! Nun, der hat sein Amt nicht mehr lange, denn in wenigen Wochen wird ein neues Parlament in Niedersachsen gewählt und dann gibt es mit Sicherheit eine neue Landesregierung mit einem neuen Ministerpräsidenten.

Enkel: Und das wird dann dieser Buse-, Huse-, äh… Althusmann.

Blaubär: Aber sicher doch. Das ist so sicher wie das Labskaus in der Kombüse! Alle Umfragen deuten darauf hin.

Enkel: Aber sag mal Opa, warum macht dich das so vergnügt?

Blaubär: Weil ich dann endlich doch noch Bildungsminister

werden kann. Das ist doch schon seit langem mein Traumjob!

Enkel: Was macht dich denn so sicher, dass der Herr Suse-, äh…
Huse-, äh… Althusmann dich dafür anheuern wird?

Blaubär: Ganz einfach: Meine weltweit bekannten Qualitäten als
fantasievoller Geschichtenerzähler. Was sagte noch der
berühmte Friedrich Schiller einst in seiner Abhandlung über die
„Ästhetische Erziehung des Menschen" zur Fantasie?

Enkel: Ist das der mit: „Der Taucher - gluck, gluck, weg war er!"?

Enkel: Ich kenn auch noch was von dem: „Loch in Erde, Bronze
drin. Glocke   fertig, bim, bim, bim."

Blaubär: Kinners, Kinners, wo habt ihr das denn her? Wie kann
man nur die schönen Balladen von unserem Schiller so
verhunzen? Das habt ihr doch bestimmt aus dem Internetz.

Enkel: Nee Opa, das haben wir von unserem großen Bruder, der
ist schon auf dem Gymnasium. Und da hat er es von jemand
anderem aufgeschnappt.

Blaubär: So, so. Aber ist ja auch nicht so wichtig. Jedenfalls, der
Schiller hat die Fantasie „Einbildungskraft" genannt und gesagt,
dass das eine der wichtigsten Fähigkeiten des Menschen ist.
Enkel: Und davon hast du wirklich mehr als genug, Opa!

Blaubär: So ist es, ihr kleinen Racker. Und deshalb braucht mich
der Buse-, äh… Huse-, äh Althusmann.

Enkel: Opa, wir verstehen das immer noch nicht.

Blaubär: Nun hört mal zu, ihr ollen Sabbelschnuten. Der Althusmann braucht mit Sicherheit schon vor der Wahl jemanden, der für die Wähler die allerschönsten Geschichten erfindet. Und deshalb bin ich in die CDU eingetreten und habe mich für diesen Posten beworben.

Enkel: Und was für Geschichten willst du erzählen, Opa?

Blaubär: Na zum Beispiel, dass die Landesregierung in Niedersachsen ganz viel Geld haben wird und dass man das viele Geld nutzen werde, um die Unterrichtsversorgung zu verbessern.

Enkel: Und kriegen wir dann auch wieder einen neuen Schulleiter oder eine Schulleiterin an unserer Schule?

Blaubär: Ich werde auf jeden Fall den Leuten erzählen, dass die Grundschulleiter mehr Geld bekommen sollen und dass sie weniger unterrichten müssen, damit sie mehr Zeit für den Verwaltungskram haben, und dass sich dann bestimmt wieder mehr Leute für den Posten bewerben.

Enkel: Und was wirst du noch für Geschichten erzählen, Opa?

Blaubär: Ich werde erzählen, dass die Unterrichtsversorgung unter der neuen Regierung weit über 100 % liegen wird und dass die Inklusion in Zukunft viel besser laufen wird, weil man in allen Schulen ganz viele Erzieher und Sozialpädagogen einstellen wird.

Enkel: Oh, cool! Dann ist unsere Lehrerin bestimmt nicht mehr so gestresst.

Blaubär: Ich werde erzählen, dass Grundschullehrkräfte das gleiche Gehalt wie die anderen kriegen und zwei Stunden weniger unterrichten müssen und dass wir dann in Zukunft ganz viele männliche Lehrkräfte an den Grundschulen haben werden.

Enkel: Echt? Das wäre ja toll, Opa.

Blaubär: Und dann werde ich erzählen, dass die Grundschulklassen viel kleiner werden sollen und in Zukunft in allen Stunden von zwei Personen betreut werden.

Enkel: Super, Opa! Dann muss ich nicht mehr so ewig warten, bis meine Lehrerin mal Zeit für mich hat.

Blaubär: Ich werde erzählen, dass es ganz viele Extra-Lehrer geben wird, die den Flüchtlingskindern Deutschunterricht geben werden.

Enkel: Das wäre schön Opa, der Mehmed tut mir immer so leid, wenn er in den Stunden nur so herumsitzt und nicht mitmachen kann.

Hein Blöd: Käpt'n, da ist ein Brief für Sie gekommen, von einem gewissen Buse, äh Huse-, nee… Althusmann. Irgendwie kommt mir der Name bekannt vor.

Blaubär: Seht ihr, Kinners? Nun werde ich gefragt, ob ich der neuen Regierung als Einbildungs-, äh… Bildungsminister zur

Verfügung stehen will. Lies mal vor, Hein!

Hein Blöd: Sehr geehrter Herr Blaubär! Seit langem sind uns Ihre Qualitäten als besonders fantasievoller Geschichtenerzähler bekannt. Dennoch habe ich mich entschlossen, Ihre Bewerbung nicht anzunehmen. Wie sie vielleicht wissen, gab es in der Vergangenheit ein gewisses Problem, weil von interessierten Kreisen die wissenschaftliche Glaubwürdigkeit meiner Doktorarbeit angezweifelt wurde. Ich hatte zwar nur ein wenig eigenwillig zitiert und der Doktortitel wurde mir nicht aberkannt, aber dennoch werde ich in Zukunft nur absolut glaubwürdige Persönlichkeiten auf Ministerämter berufen. Es tut mir deshalb leid, Ihnen mitteilen zu müssen, dass Sie für das verantwortungsvolle Amt des niedersächsischen Bildungsministers nicht in Frage kommen. Hochachtungsvoll, Ihr Bernd Althusmann, Kandidat der CDU für das Amt des niedersächsischen Ministerpräsidenten[38]

---

[38]Am 17. September 2016 nominierte die CDU den ehemaligen niedersächsischen Bildungsminister Althusmann als Spitzenkandidaten der CDU für die Wahl zum 18. Niedersächsischen Landtag. Er konnte die Wahl gegen den amtierenden Ministerpräsidenten Stephan Weil (SPD) allerdings nicht gewinnen.

Käpt'n Blaubär geht pleite

Blaubär: (singt) Nehmt das Lesen nicht so schwer, ihr lernt jetzt mit dem Lesebär! Nehmt das Lesen nicht so schwer, jetzt kommt der Lesebär!

Enkel: Du hast ja schon wieder gute Laune, Opa!

Blaubär: Tja, bei uns auf dem Schiff wird bald der Wohlstand ausbrechen. Kinners, wir werden reich! Vielleicht kann ich euch bald alle zu einer Kreuzfahrt auf der Aida einladen!

Enkel: Und wo soll dieser sagenhafte Reichtum plötzlich herkommen. Hast du eine alte Schatzkarte entdeckt? Oder hat Hein Blöd etwa wieder so eine verschimmelte Flaschenpost aus dem Meer gefischt?

Blaubär: Flaschenpost? Schatzkarte? Kinners, wir leben doch nicht mehr im Mittelalter. Heutzutage wird man so nicht mehr reich.

Enkel: Aber wie willst du denn plötzlich reichen werden, Opa?

Blaubär: Da seid ihr mal wieder neugierig. Nicht wahr ihr kleinen Quengler!

Enkel: Nun erzähl schon, Opa! Bitte!

Blaubär: Nun gut. Habt ihr schon mal was von einem Schtart-App gehört?

Enkel: Hääää????

Blaubär: Da staunt ihr was? Das ist Englisch und bedeutet, dass man eine besonders innovative und coole Geschäftsidee hat, die ganz viel Geld verspricht. Besonders viele Schtart-Apps gibt es für das Internetz.

Enkel: Opa, ich verstehe fast gar nichts, außer dass du irgendwas im Internet machen willst.

Enkel: Und davon hast du doch keinen Schimmer.

Blaubär: Ich nicht, aber Hein Blöd.

Enkel: Hein Blöd?!!!!!

Blaubär: Ja, Hein Blöd. Was meint ihr, was der den ganzen Tag unter Deck so treibt! Seit Jahren beschäftig sich der mit nichts anderem als dem Programmieren von Äpps.

Enkel: Apps? Opa, jetzt veräppelst du uns aber wieder, und zwar im wahrsten Sinne des Wortes!

Blaubär: Überhaupt nicht. Es ist nun mal wahr: Hein Blöd ist die brillanteste Programmier-Ratte nördlich des Äquators.

Enkel: Und was hat das nun alles mit dem angeblichen Reich-werden zu tun?

Blaubär: Ihr werdet's kaum glauben, aber Hein Blöd hat eine Le-selern-Äpp programmiert, und die wird ein Bräuner. Ich sage es euch. Und das ist kein Seemannsgarn!

Enkel: Burner heißt das, Opa.

Blaubär: Meinetwegen, jedenfalls habe ich gerade in der Zeitung gelesen, dass diese neue Leselernmethode „Lesen durch Trei-ben", äh... ich meine, „Lesen durch Schreiben" nun wieder völ-lig out ist. Alle Bundesländer schaffen diese Methode gerade wieder ab.

Enkel: Nun komm doch endlich mal auf den Punkt, Opa.

Blaubär: Wenn ihr mich nur mal ausreden lassen würdet, ihr kleinen Nervbären, wäre ich schon längst fertig. Also ihr wisst ja, dass im Moment ganz viele Lehrer an den Grundschulen ar-beiten, die eigentlich gar keine Lehrer sind.

Enkel: Ja, wissen wir Opa. Diese Querköpfe, oder wie die hei-ßen.

Blaubär: Quereinsteiger heißen die. Aber egal, für die war diese Lesemethode, die jetzt out ist, der Hit. Einfach den Kindern eine Anlauttabelle geben und sie mal machen lassen. Und das geht nun leider nicht mehr.

Enkel: Und was hat die App von Hein Blöd damit zu tun?

Blaubär: Das ist die Äpp für jeden Depp. Damit lernen die Kin-der das Lesen ganz von selbst. Es ist ganz einfach. Alle

Erstklässler dürfen ihre Schmart-Fons in die Schule mitbringen und die Eltern müssen vorher nur unsere App „Lesebär" draufladen.

Enkel: Ah, und die müssen die Eltern bezahlen!

Blaubär: Bingo! Ihr habt es endlich geschnallt!

Enkel: Aber die App hat doch Hein Blöd programmiert. Wieso kannst du denn damit reich werden?

Blaubär: Wir beide Kinners, wir beide! Hein Blöd braucht mich als Werbeträger. Als Marke sozusagen. Alle Kinder kennen und lieben nun mal mich und nicht Hein

Blöd. Seid mal ehrlich. Wer will denn schon eine App von einer Ratte? Und dann noch von einer, die Hein Blöd heißt!

Hein Blöd: Käpt'n, ich habe schlechte Nachrichten.

Blaubär: Wieso das?

Hein Blöd: Ja, tut mir echt leid, Käpt'n, aber die App, die ich entwickelt habe, ist weg.

Blaubär: Weg? Was soll das denn heißen.

Hein Blöd: Nun ja, äh... ich weiß nicht wie ich das sagen soll. Äh.. ich habe die... äh…

Bläubär: Du hast die was?

Hein Blöd: Verkauft.

Bläubär: Verkauft??????

Hein Blöd: Ja, ich habe so ein gutes Angebot von Google be-kommen. Da konnte ich einfach nicht widerstehen. Und Sie wis-sen ja, was schon lange mein Traum ist.

Blaubär: Dein Traum? Was denn für ein Traum?

Hein Blöd: Na, ich meine, den Traum vom eigenen Schiff. Ab sofort heuere ich ab und werde ab morgen mein eigener Kapitän sein. Tut mir wirklich leid, Käpt'n, das können Sie mir glauben. Und ich muss Ihnen noch was sagen. Sie schulden mir noch die gesamte Heuer vom vergangenen Jahr, und die muss ich jetzt einfordern.

Blaubär: Kinners, ich brauche einen Grog. Ich bin ruiniert!

Hein Blöd kehrt zurück

Blaubär: (singt) Auf, Matrose, ohe! In die wogende See. Schwarze Gedanken sie wanken und flieh'n geschwind uns wie Sturm und Wind.

Enkel: Das kling aber traurig, Opa!

Blaubär: Tja, ich vermisse Hein Blöd. Nie hätte ich damit gerechnet, dass mir die olle Schiffsratte so fehlen würde!

Enkel: Hast du denn gar nichts von ihm gehört?

Blaubär: Nö, keine Flaschenpost, kein Garnichts! Ich glaube, der ist froh, dass er nicht mehr unter meiner Knute ist. Vielleicht hätte ich doch ein bisschen umgänglicher mit ihm sein sollen.

Enkel: *(zieht ein Smartphone aus der Tasche)* Opa, guck mal ich habe eine Mail für dich bekommen!

Blaubär: Doch nicht etwa von Hein Blöd?

Enkel: Doch, eine E-Mail von unserem Hein.

Blaubär: Eine I-Mehl? Das wird ja immer schlimmer! Seitdem der in die IT-Branche abgetaucht ist, ist bei dem alles digital.

Enkel: Bist du denn gar nicht neugierig, was Hein Blöd schreibt?

Blaubär: Doch, doch. Hätte gar nicht gedacht, dass der sich überhaupt noch mal meldet.

Enkel 3: *(liest vor)* Lieber Käpt'n, es überrascht mich sehr, dass ich Sie und ihre frechen kleinen Enkel vermisse. Leider habe ich mit meinem eigenen Kahn Schiffbruch erlitten. Sie wissen ja, dass ich den von Google im Tausch gegen meine App „Lesebär" bekommen habe. Was ich aber nicht wusste: Es handelte sich um den Prototypen eines selbstfahrenden Schiffes, das von künstlicher Intelligenz (man sagt auch KI dazu) gesteuert wurde. Da die Steuerungs-Software leider nicht ausgereift war, sind wir vor Spitzbergen gesunken. Und nun möchte ich gerne wieder auf Ihrem Schiff anheuern. Fürs erste würden mir freie Kost und Logis reichen, da ich schon eine neue Geschäfts-Idee habe. Ich wünsche Ihnen Mast und Schotenbruch! Ihr Hein Blöd

Blaubär: So viel Fantasie hätte ich unserem Hein gar nicht zugetraut. Was der sich für eine Lügengeschichte ausgedacht hat! Die glaubt doch kein Schweinswal!

Hein Blöd: *(taucht plötzlich auf)* Hier bin ich wieder Käpt'n. Haben Sie meine Mail gelesen?

Blaubär: Ja, das habe ich. Und ich muss sagen, ich glaube dir kein Wort, du alte Lügenratte! Was ist der wahre Grund, dass du hier wieder auftauchst?

Hein Blöd: Aber Käpt'n! Das ist die reine, nichts als die reine Wahrheit. Und ich bin als Seemann sozusagen in Seenot. Und wenn ein Seemann SOS funkt, dann muss jeder andere Seemann ihn retten!

Blaubär: Nun ja, dann will ich wohl mal ein Auge zudrücken.

Aber bevor ich dich wieder auf mein Schiff lasse, Hein, möchte ich doch wissen, was das für eine Geschäfts-Idee ist. Den Lese-Bär hast du ja schließlich verkauft.

Enkel: Also bei uns an der Schule soll jetzt jeder bald einen Tablet-Computer kriegen. Ich habe nur nicht verstanden, was unsere Lehrerin mit dem dicken, alten Pack gemeint hat.

Hein Blöd: Also, das heißt Digitalpakt[39] und bedeutet Vertrag für digitale Bildung.

Enkel: Ich verstehe gar nichts, Hein!

Blaubär: Und ich auch nicht. Nun erklär' das mal richtig und zwar dalli!

Hein Blöd: Nun mal sinnig Käpt'n. Sie sind ja genauso ungeduldig wie Ihre Enkel. Der Digitalpakt bedeutet, dass für jeden Schüler in Deutschland ein Tablet-Computer gekauft werden kann. Und da keiner weiß, wie man in der Grundschule mit den Tablets lernen soll, verkaufen wir denen eben unsere neue App.

Blaubär: Noch eine App? Und was ist mit dem Lesebär.

Hein Blöd: Den Lesebär habe ich durch einen heimlich einge-bauten Programmfehler unbrauchbar gemacht. Zum Glück hatte

---

[39] Mit dem Digitalpakt haben die deutsche Bundesregierung und der Deutsche Bundestag im Jahr 2018 die Absicht bekundet, die Digitalisierung in den allgemeinbildenden Schulen mit 5 Milliarden Euro zu fördern.

ich bis zum Schiffbruch den Programm-Code noch nicht ausgeliefert und konnte ihn verändern. Schließlich hat Google mich ja mit diesem selbstfahrenden Schiff reingelegt. Und als Alternative habe ich eine ganz neue App programmiert.

Enkel: Och, schade! Wir hatten uns schon so auf den Lesebär gefreut! Da war doch dieses tolle Honig-Such-Spiel mit drin, was du uns neulich gezeigt hast.

Hein Blöd: Keine Sorge! Die Leseratten-App, die ihr bald auf eure neuen Tablets bekommen werdet, ist noch viel schärfer. Ich habe da ein viel cooleres Spiel eingebaut. Das heißt „Super-Hein".

Blaubär: Leseratte, Super-Hein? Meinst du, die Regierung wird sowas für alle Grundschulen kaufen.

Hein Blöd: *(zieht sein Smartphone aus der Tasche)* Ich denke, das werden wir gleich wissen. Gerade hat mein Telefon gepiepst. Aha! Eine Nachricht von der Landesregierung: Sehr geehrter Herr Blöd, es tut uns leid Ihnen mitteilen zu müssen, dass es der Firma Google gelungen ist, den Fehler in der Lesebär-App zu beseitigen. Deswegen möchten wir von Ihrem Alternativ-Angebot einer Leseratten-App nun doch keinen Gebrauch machen. Zudem hat ein Praxis-Test ergeben, dass das darin implementierte Spiel „Super-Hein" keinerlei didaktischen Wert besitzt. Wir empfehlen Ihnen, Ihre App zu überarbeiten, sollten Sie diese in anderen Bundesländern anbieten wollen. Hochachtungsvoll, Grand Hendrik Tonne, Niedersächsischer Kultusminister

Käpt'n Blaubär will auswandern

Blaubär: *(singt)* Muss i denn, muss i denn, zum Städele hinaus, Städele hinaus, und nur Hein Blöd bleibt hier.

Enkel: Was hast du vor Opa, willst du doch noch einmal auf große Fahrt gehen?

Blaubär: So könnte man es nennen. Aber ich werde nicht übers Meer segeln, sondern werde den Landweg wählen.

Enkel: Und wo geht die Reise hin?

Blaubär: Ihr werdet es wieder einmal nicht glauben, aber ich emigriere ins Ausland.

Enkel: Ins Ausland? Willst du etwa König in der Südsee werden, so wie Pippi Langstrumpfs Piraten-Papa?

Blaubär: Dann würde ich wohl kaum über Land fahren, ihr kleinen Dööspaddel.

Enkel: Nun mach's doch nicht so spannend, Opa. Wie heißt denn das Land deiner Träume?

Blaubär: „Land meiner Träume" ist gut. Früher war es mal das „Land meiner Alpträume".

Enkel: Welches Land soll das sein, Opa? Das hört sich ja richtig gruselig an.

Blaubär: Nun, gruselig war es dort wirklich mal. Aber inzwischen hat sich alles zum Guten geändert. Ich werde nach Bayern ziehen und zwar für längere Zeit.

Enkel: Hääää??????

Blaubär: Ja, da staunt ihr, was? Ich habe ein Angebot von Herrn Söder, dem bayrischen Ministerpräsidenten, Umweltminister zu werden, selbstverständlich mit Aussicht auf lebenslange Rente.

Enkel: Aber Opa, da versteht dich doch keiner! Die sprechen doch alle Bayrisch.

Blaubär: Na und? Weil ich bekanntermaßen ein Sprachgenie bin, werde ich eben Bayrisch lernen. Ich habe schon einen Crash-Kurs gebucht: „Bayrisch in 100 Tagen". Jodeln kann ich ja schon, das habe ich auf Hawaii gelernt.

Enkel: Und warum sollst ausgerechnet **du** Umweltminister in Bayern werden?

Blaubär: Warum? Na, weil ich doch ein ausgewiesener Windkraftexperte bin. Schließlich habe ich jahrzehntelang die sieben Weltmeere ausschließlich mit Hilfe der Kraft des Windes bereist. Mein neuer Chef, möchte nämlich die Windkraftnutzung massiv ausbauen. Und dass ich mindestens so bekannt bin wie Greta Thunberg, kommt ihm wohl auch ganz gelegen. Der will doch grüner als die Grünen werden und damit die nächsten Landtagswahlen gewinnen.

Enkel: Und was wird aus uns, Opa?

Blaubär: Ihr kommt natürlich mit. Was denkt ihr denn!

Enkel: Aber Opa, wir sind doch gerade mit der Grundschule fertig und sollen aufs Gymnasium wechseln.

Blaubär: Ja, aber das ist es doch gerade! Euch kann nichts Besseres passieren als auf die beste Schule Deutschlands zu wechseln. Und das ist nun mal das Bayrische Gymnasium wie jeder weiß. Bei jedem PISA-Test schneiden die doch am besten von allen Bundesländern ab.

Enkel: Aber werden wir da nicht gemobbt werden, wenn wir nur Hochdeutsch sprechen können?

Blaubär: Iwo. Alles kein Problem! Ihr bekommt für die ersten Wochen einen Integrationshelfer und werdet in eine Sprachförderklasse mit anderen Migrationskindern eingeschult. Ihr sollt mal sehen, wie schnell ihr Bayrisch sprechen könnt.

Enkel: Und was ist mit Hein Blöd?

Blaubär: Daran habe ich natürlich auch gedacht. Hein Blöd bleibt auf dem Schiff und hält alles in Ordnung. Und wenn ich irgendwann meine Pension kriege, kehren wir zurück.

Hein Blöd: Käpt'n, da ist so'n Brief mit nem Löwen drauf angekommen. Soll ich den vorlesen?

Blaubär: Da seht ihr, das ist bestimmt meine Ernennungsurkunde. Schieß schon los, Hein!

Hein Blöd: Sehr geehrter Herr Blaubär! Wir müssen Ihnen leider mitteilen, dass wir Ihnen auf Grund unvorhergesehener Umstände leider eine Absage bezüglich Ihrer Ernennung zum bayrischen Umweltminister erteilen müssen. Da unser verdientes Parteimitglied, Andi Scheuer, bedauerlicherweise von seinem Posten als Bundesverkehrsminister zurücktreten musste, haben wir uns kurzfristig entschlossen, diesem die Stelle als Umweltminister der Bayrischen Landesregierung anzubieten. Sie werden sicherlich einsehen, dass inländischen Arbeitskräften gegenüber Ausländern bei gleicher Qualifikation der Vorzug gegeben werden muss, zumal damit zu rechnen gewesen wäre, dass es auf Grund Ihrer mangelnden Bayrisch-Kenntnisse zu Verständigungsschwierigkeiten mit Ihrem Mitarbeiterstab und der Bevölkerung gekommen wäre. Hochachtungsvoll, Markus Söder, Bayrischer Ministerpräsident

Gewerkschaft Erziehung und Wissenschaft

Kreisverbände Aurich, Emden, Jever, Leer, Norden und Wittmund

LEUCHTTURM

Zeitschrift der Bildungsgewerkschaft in Ost-Friesland

Nr. 97 **9. Februar 2007** **29. Jhrg.**

Inhalt: